Bernardin de Saint-Pierre

Paul et Virginie

Sur le côté oriental de la montagne qui s'élève derrière le Port Louis de l'Île de France, on voit, dans un terrain jadis cultivé, les ruines de deux petites cabanes. Elles sont situées presque au milieu d'un bassin formé par de grands rochers, qui n'a qu'une seule ouverture tournée au nord. On aperçoit à gauche la montagne appelée le Morne de la Découverte, d'où l'on signale les vaisseaux qui abordent dans l'île, et au bas de cette montagne la ville nommée le Port Louis ; à droite, le chemin qui mène du Port Louis au quartier des Pamplemousses ; ensuite l'église de ce nom, qui s'élève avec ses avenues de bambous au milieu d'une grande plaine ; et plus loin une forêt qui s'étend jusqu'aux extrémités de l'île. On distingue devant soi, sur les bords de la mer, la Baie du Tombeau ; un peu sur la droite, le Cap Malheureux ; et au-delà, la pleine mer, où paraissent à fleur d'eau quelques îlots inhabités, entre autres le Coin de Mire, qui ressemble à un bastion au milieu des flots.

À l'entrée de ce bassin, d'où l'on découvre tant d'objets, les échos de la montagne répètent sans cesse le bruit des vents qui agitent les forêts voisines, et le fracas des vagues qui brisent au loin sur les récifs ; mais au pied même des cabanes on n'entend plus aucun bruit, et on ne voit autour de soi que de grands rochers escarpés comme des murailles. Des bouquets d'arbres croissent à leurs bases, dans leurs fentes, et jusque sur leurs cimes, où s'arrêtent les nuages. Les pluies que leurs pitons attirent peignent souvent les couleurs de l'arc-en-ciel sur leurs flancs verts et bruns, et entretiennent à leurs pieds les sources dont se forme la petite Rivière des Lataniers. Un grand silence règne dans leur enceinte, où tout est paisible, l'air, les eaux et la lumière. À peine l'écho y répète le murmure des palmistes qui croissent sur leurs plateaux élevés, et dont on voit les longues flèches toujours balancées par les vents. Un jour doux éclaire le fond de ce bassin, où le soleil ne luit qu'à midi ; mais dès l'aurore ses rayons en frappent le couronnement, dont les pics s'élevant au-dessus des ombres de la montagne, paraissent d'or et de pourpre sur l'azur des cieux.

J'aimais à me rendre dans ce lieu où l'on jouit à la fois d'une vue immense et d'une solitude profonde. Un jour que j'étais assis au pied de ces cabanes, et que j'en considérais les ruines, un homme déjà sur l'âge vint à passer aux environs. Il était, suivant la coutume des anciens habitants, en petite veste et en long caleçon. Il marchait nu-pieds, et s'appuyait sur un bâton de bois d'ébène. Ses cheveux étaient tout blancs, et sa physionomie noble et simple. Je le saluai avec respect. Il me rendit mon salut, et m'ayant considéré un moment, il s'approcha de moi, et vint se reposer sur le tertre où j'étais assis. Excité par cette marque de confiance, je lui adressai la parole : « Mon père, lui dis-je, pourriez-vous m'apprendre à qui ont appartenu ces deux cabanes ? » Il me répondit : « Mon fils, ces masures et ce terrain inculte étaient habités, il y a environ vingt ans, par deux familles qui y avaient trouvé le bonheur. Leur histoire est touchante : mais dans cette île, située sur la route des Indes, quel Européen peut s'intéresser au sort de quelques particuliers obscurs ? Qui voudrait même y vivre heureux, mais pauvre et ignoré ? Les hommes ne veulent connaître que l'histoire des grands et des rois, qui ne sert à personne. – Mon père, repris-je, il est aisé de juger à votre air et à votre discours que vous avez acquis une grande expérience. Si vous en avez le temps, racontez-moi, je vous prie, ce que vous savez des anciens habitants de ce désert, et croyez que l'homme même le plus dépravé par les préjugés du monde aime à entendre parler du bonheur que donnent la nature et la vertu. » Alors, comme quelqu'un qui cherche à se rappeler diverses circonstances, après avoir appuyé quelque temps ses mains sur son front, voici ce que ce vieillard me raconta.

En 1726 un jeune homme de Normandie, appelé M. de la Tour, après avoir sollicité en vain du service en France et des secours dans sa famille, se détermina à venir dans cette île pour y chercher fortune. Il avait avec lui une jeune femme qu'il aimait beaucoup et dont il était également aimé. Elle était d'une ancienne et riche maison de sa province ; mais il l'avait épousée en secret et sans dot, parce que les parents de sa femme s'étaient opposés à son mariage, attendu qu'il n'était pas gentilhomme. Il la laissa au Port Louis de cette île, et il s'embarqua pour Madagascar dans l'espérance d'y acheter quelques Noirs, et de revenir promptement ici former une habitation. Il débarqua à Madagascar vers la mauvaise saison qui commence à la mi-octobre ; et peu de temps après son arrivée il y mourut des fièvres pestilentielles qui y règnent pendant six mois de l'année, et qui empêcheront toujours les nations européennes d'y faire des établissements fixes. Les effets qu'il avait emportés avec lui furent dispersés après sa mort, comme il arrive ordinairement à ceux qui meurent hors de leur patrie. Sa femme, restée à l'Île de France, se trouva veuve, enceinte, et n'ayant pour tout bien au monde qu'une négresse, dans un pays où elle n'avait ni crédit ni recommandation. Ne voulant rien solliciter auprès d'aucun homme après la mort de celui qu'elle avait uniquement aimé, son malheur lui donna du courage. Elle résolut de cultiver avec son esclave un petit coin de terre, afin de se procurer de quoi vivre.

Dans une île presque déserte dont le terrain était à discrétion elle ne choisit point les cantons les plus fertiles ni les plus favorables au commerce ; mais cherchant quelque gorge de montagne, quelque asile caché où elle pût vivre seule et inconnue, elle s'achemina de la ville vers ces rochers pour s'y retirer comme dans un nid. C'est un instinct commun à tous les êtres sensibles et souffrants de se réfugier dans les lieux les plus sauvages et les plus déserts ; comme si des rochers étaient des remparts contre l'infortune, et comme si le calme de la nature pouvait apaiser les troubles malheureux de l'âme. Mais la Providence, qui vient à notre secours lorsque nous ne voulons que les biens nécessaires, en réservait un à madame de la Tour que ne donnent ni les richesses ni la grandeur ; c'était une amie.

Dans ce lieu depuis un an demeurait une femme vive, bonne et sensible ; elle s'appelait Marguerite. Elle était née en Bretagne d'une simple famille de paysans, dont elle était chérie, et qui l'aurait rendue heureuse, si elle n'avait eu la faiblesse d'ajouter foi à l'amour d'un gentilhomme de son voisinage qui lui avait promis de l'épouser ; mais celui-ci ayant satisfait sa passion s'éloigna d'elle, et refusa même de lui assurer une subsistance pour un enfant dont il l'avait laissée enceinte. Elle s'était déterminée alors à quitter pour toujours le village où elle était née, et à aller cacher sa faute aux colonies, loin de son pays, où elle avait perdu la seule dot d'une fille pauvre et honnête, la réputation. Un vieux Noir, qu'elle avait acquis de quelques deniers empruntés, cultivait avec elle un petit coin de ce canton.

Madame de la Tour, suivie de sa négresse, trouva dans ce lieu Marguerite qui allaitait son enfant. Elle fut charmée de rencontrer une femme dans une position qu'elle jugea semblable à la sienne. Elle lui parla en peu de mots de sa condition passée et de ses besoins présents. Marguerite au récit de madame de la Tour fut émue de pitié ; et, voulant mériter sa confiance plutôt que son estime, elle lui avoua sans lui rien déguiser l'imprudence dont elle s'était rendue coupable.

« Pour moi, dit-elle, j'ai mérité mon sort ; mais vous, madame…, vous, sage et malheureuse ! » Et elle lui offrit en pleurant sa cabane et son amitié. Madame de la Tour, touchée d'un accueil si tendre, lui dit en la serrant dans ses bras : « Ah ! Dieu veut finir mes peines, puisqu'il vous inspire plus de bonté envers moi qui vous suis étrangère, que jamais je n'en ai trouvé dans mes parents. »

Je connaissais Marguerite, et quoique je demeure à une lieue et demie d'ici, dans les bois, derrière la Montagne Longue, je me regardais comme son voisin. Dans les villes d'Europe une rue, un simple mur, empêchent les membres d'une même famille de se réunir pendant des années entières ; mais dans les colonies nouvelles on considère comme ses voisins ceux dont on n'est séparé que par des bois et par des montagnes. Dans ce temps-là surtout, où cette île faisait peu de commerce aux Indes, le simple voisinage y était un titre d'amitié, et l'hospitalité envers les étrangers un devoir et un plaisir. Lorsque j'appris que ma voisine avait une compagne, je fus la voir pour tâcher d'être utile à l'une et à l'autre. Je trouvai dans madame de la Tour une personne d'une figure intéressante, pleine de noblesse et de mélancolie. Elle était alors sur le point d'accoucher. Je dis à ces deux dames qu'il convenait, pour l'intérêt de leurs enfants, et surtout pour empêcher l'établissement de quelque autre habitant, de partager entre elles le fond de ce bassin, qui contient environ vingt arpents. Elles s'en rapportèrent à moi pour ce partage. J'en formai deux portions à peu près égales ; l'une renfermait la partie supérieure de cette enceinte, depuis ce piton de rocher couvert de nuages, d'où sort la source de la Rivière des Lataniers, jusqu'à cette ouverture escarpée que vous voyez au haut de la montagne, et qu'on appelle l'Embrasure, parce qu'elle ressemble en effet à une embrasure de canon. Le fond de ce sol est si rempli de roches et de ravins qu'à peine on y peut marcher ; cependant il produit de grands arbres, et il est rempli de fontaines et de petits ruisseaux. Dans l'autre portion je compris toute la partie inférieure qui s'étend le long de la Rivière des Lataniers jusqu'à l'ouverture où nous sommes, d'où cette rivière commence à couler entre deux collines jusqu'à la mer. Vous y voyez quelques lisières de prairies, et un terrain assez uni, mais qui n'est guère meilleur que l'autre ; car dans la saison des pluies il est marécageux, et dans les sécheresses il est dur comme du plomb ; quand on y veut alors ouvrir une tranchée, on est obligé de le couper avec des haches. Après avoir fait ces deux partages j'engageai ces deux dames à les tirer au sort. La partie supérieure échut à madame de la Tour, et l'inférieure à Marguerite. L'une et l'autre furent contentes de leur lot ; mais elles me prièrent de ne pas séparer leur demeure, « afin, me dirent-elles, que nous puissions toujours nous voir, nous parler et nous entraider ». Il fallait cependant à chacune d'elles une retraite particulière. La case de Marguerite se trouvait au milieu du bassin précisément sur les limites de son terrain. Je bâtis tout auprès, sur celui de madame de la Tour, une autre case, en sorte que ces deux amies étaient à la fois dans le voisinage l'une de l'autre et sur la propriété de leurs familles. Moi-même j'ai coupé des palissades dans la montagne ; j'ai apporté des feuilles de latanier des bords de la mer pour construire ces deux cabanes, où vous ne voyez plus maintenant ni porte ni couverture. Hélas ! il n'en reste encore que trop pour mon souvenir ! Le temps, qui détruit si rapidement les monuments des empires, semble respecter dans ces déserts ceux de l'amitié, pour perpétuer mes regrets jusqu'à la fin de ma vie. À peine la seconde de ces cabanes était achevée que madame de la Tour accoucha d'une fille. J'avais été le parrain de l'enfant de Marguerite, qui s'appelait Paul. Madame de la Tour me pria aussi de nommer sa fille conjointement avec son amie. Celle-ci lui donna le nom de Virginie. « Elle sera vertueuse, dit-elle, et elle sera heureuse. Je n'ai connu le malheur qu'en m'écartant de la vertu ».

Lorsque madame de la Tour fut relevée de ses couches, ces deux petites habitations commencèrent à être de quelque rapport, à l'aide des soins que j'y donnais de temps en temps, mais surtout par les travaux assidus de leurs esclaves. Celui de Marguerite, appelé Domingue, était un Noir yolof, encore robuste, quoique déjà sur l'âge. Il avait de l'expérience et un bon sens naturel. Il cultivait indifféremment sur les deux habitations les terrains qui lui semblaient les plus fertiles, et il y mettait les semences qui leur convenaient le mieux. Il semait du petit mil et du maïs dans les endroits médiocres, un peu de froment dans les bonnes terres, du riz dans les fonds marécageux ; et au pied des roches, des giraumons, des courges et des concombres, qui se plaisent à y grimper. Il plantait dans les lieux secs des patates qui y viennent très sucrées, des cotonniers sur les hauteurs, des cannes à sucre dans les terres fortes, des pieds de café sur les collines, où le grain est petit, mais excellent ; le long de la rivière et autour des cases, des bananiers qui donnent toute l'année de longs régimes de fruits avec un bel ombrage, et enfin quelques plantes de tabac pour charmer ses soucis et ceux de ses bonnes maîtresses. Il allait couper du bois à brûler dans la montagne, et casser des roches çà et là dans les habitations pour en aplanir les chemins. Il faisait tous ces ouvrages avec intelligence et activité, parce qu'il les faisait avec zèle. Il était fort attaché à Marguerite ; et il ne l'était guère moins à madame de la Tour, dont il avait épousé la négresse à la naissance de Virginie. Il aimait passionnément sa femme, qui s'appelait Marie. Elle était née à Madagascar, d'où elle avait apporté quelque industrie, surtout celle de faire des paniers et des étoffes appelées pagnes, avec des herbes qui croissent dans les bois. Elle était adroite, propre, et très fidèle. Elle avait soin de préparer à manger, d'élever quelques poules, et d'aller de temps en temps vendre au Port Louis le superflu de ces deux habitations, qui était bien peu considérable. Si vous y joignez deux chèvres élevées près des enfants, et un gros chien qui veillait la nuit au-dehors, vous aurez une idée de tout le revenu et de tout le domestique de ces deux petites métairies.

Pour ces deux amies, elles filaient du matin au soir du coton. Ce travail suffisait à leur entretien et à celui de leurs familles ; mais d'ailleurs elles étaient si dépourvues de commodités étrangères qu'elles marchaient nu-pieds dans leur habitation, et ne portaient de souliers que pour aller le dimanche de grand matin à la messe à l'église des Pamplemousses que vous voyez là-bas. Il y a cependant bien plus loin qu'au Port Louis ; mais elles se rendaient rarement à la ville, de peur d'y être méprisées, parce qu'elles étaient vêtues de grosse toile bleue du Bengale comme des esclaves. Après tout, la considération publique vaut-elle le bonheur domestique ? Si ces dames avaient un peu à souffrir au-dehors, elles rentraient chez elles avec d'autant plus de plaisir. À peine Marie et Domingue les apercevaient de cette hauteur sur le chemin des Pamplemousses, qu'ils accouraient jusqu'au bas de la montagne pour les aider à la remonter. Elles lisaient dans les yeux de leurs esclaves la joie qu'ils avaient de les revoir. Elles trouvaient chez elles la propreté, la liberté, des biens qu'elles ne devaient qu'à leurs propres travaux, et des serviteurs pleins de zèle et d'affection. Elles-mêmes, unies par les mêmes besoins, ayant éprouvé des maux presque semblables, se donnant les doux noms d'amie, de compagne et de sœur, n'avaient qu'une volonté, qu'un intérêt, qu'une table. Tout entre elles était commun. Seulement si d'anciens feux plus vifs que ceux de l'amitié se réveillaient dans leur âme, une religion pure, aidée par des mœurs chastes, les dirigeait vers une autre vie, comme la flamme qui s'envole vers le ciel lorsqu'elle n'a plus d'aliment sur la terre.

Les devoirs de la nature ajoutaient encore au bonheur de leur société. Leur amitié mutuelle redoublait à la vue de leurs enfants, fruits d'un amour également infortuné. Elles prenaient plaisir à les mettre ensemble dans le même bain, et à les coucher dans le même berceau. Souvent elles les changeaient de lait. « Mon amie, disait madame de la Tour, chacune de nous aura deux enfants, et chacun de nos enfants aura deux mères. » Comme deux bourgeons qui restent sur deux arbres de la même espèce, dont la tempête a brisé toutes les branches, viennent à produire des fruits plus doux, si chacun d'eux, détaché du tronc maternel, est greffé sur le tronc voisin ; ainsi ces deux petits-enfants, privés de tous leurs parents, se remplissaient de sentiments plus tendres que ceux de fils et de fille, de frère et de sœur, quand ils venaient à être changés de mamelles par les deux amies qui leur avaient donné le jour. Déjà leurs mères parlaient de leur mariage sur leurs berceaux, et cette perspective de félicité conjugale, dont elles charmaient leurs propres peines, finissait bien souvent par les faire pleurer ; l'une se rappelant que ses maux étaient venus d'avoir négligé l'hymen, et l'autre d'en avoir subi les lois ; l'une, de s'être élevée au-dessus de sa condition, et l'autre d'en être descendue : mais elles se consolaient en pensant qu'un jour leurs enfants, plus heureux, jouiraient à la fois, loin les cruels préjugés de l'Europe, des plaisirs de l'amour et du bonheur de l'égalité.

Rien en effet n'était comparable à l'attachement qu'ils se témoignaient déjà. Si Paul venait à se plaindre, on lui montrait Virginie ; à sa vue il souriait et s'apaisait. Si Virginie souffrait, on en était averti par les cris de Paul ; mais cette aimable fille dissimulait aussitôt son mal pour qu'il ne souffrît pas de sa douleur. Je n'arrivais point de fois ici que je ne les visse tous deux tout nus, suivant la coutume du pays, pouvant à peine marcher, se tenant ensemble par les mains et sous les bras, comme on représente la constellation des Gémeaux. La nuit même ne pouvait les séparer ; elle les surprenait souvent couchés dans le même berceau, joue contre joue, poitrine contre poitrine, les mains passées mutuellement autour de leurs cous, et endormis dans les bras l'un de l'autre.

Lorsqu'ils surent parler, les premiers noms qu'ils apprirent à se donner furent ceux de frère et de sœur. L'enfance, qui connaît des caresses plus tendres, ne connaît point de plus doux noms. Leur éducation ne fit que redoubler leur amitié en la dirigeant vers leurs besoins réciproques. Bientôt tout ce qui regarde l'économie, la propreté, le soin de préparer un repas champêtre, fut du ressort de Virginie, et ses travaux étaient toujours suivis des louanges et des baisers de son frère. Pour lui, sans cesse en action, il bêchait le jardin avec Domingue, ou, une petite hache à la main, il le suivait dans les bois ; et si dans ces courses une belle fleur, un bon fruit, ou un nid d'oiseaux se présentaient à lui, eussent-ils été au haut d'un arbre, il l'escaladait pour les apporter à sa sœur.

Quand on en rencontrait un quelque part on était sûr que l'autre n'était pas loin. Un jour que je descendais du sommet de cette montagne, j'aperçus à l'extrémité du jardin Virginie qui accourait vers la maison, la tête couverte de son jupon qu'elle avait relevé par derrière, pour se mettre à l'abri d'une ondée de pluie. De loin je la crus seule ; et m'étant avancé vers elle pour l'aider à marcher, je vis qu'elle tenait Paul par le bras, enveloppé presque en entier de la même couverture, riant l'un et l'autre d'être ensemble à l'abri sous un parapluie de leur invention. Ces deux têtes charmantes renfermées sous ce jupon bouffant me rappelèrent les enfants de Léda enclos dans la même coquille.

Toute leur étude était de se complaire et de s'entraider. Au reste ils étaient ignorants comme des Créoles, et ne savaient ni lire ni écrire. Ils ne s'inquiétaient pas de ce qui s'était passé dans des temps reculés et loin d'eux ; leur curiosité ne s'étendait pas au-delà de cette montagne. Ils croyaient que le monde finissait où finissait leur île ; et ils n'imaginaient rien d'aimable où ils n'étaient pas. Leur affection mutuelle et celle de leurs mères occupaient toute l'activité de leurs âmes. Jamais des sciences inutiles n'avaient fait couler leurs larmes ; jamais les leçons d'une triste morale ne les avaient remplis d'ennui. Ils ne savaient pas qu'il ne faut pas dérober, tout chez eux étant commun ; ni être intempérant, ayant à discrétion des mets simples ; ni menteur, n'ayant aucune vérité à dissimuler. On ne les avait jamais effrayés en leur disant que Dieu réserve des punitions terribles aux enfants ingrats ; chez eux l'amitié filiale était née de l'amitié maternelle. On ne leur avait appris de la religion que ce qui la fait aimer ; et s'ils n'offraient pas à l'église de longues prières, partout où ils étaient, dans la maison, dans les champs, dans les bois, ils levaient vers le ciel des mains innocentes et un cœur plein de l'amour de leurs parents.

Ainsi se passa leur première enfance comme une belle aube qui annonce un plus beau jour. Déjà ils partageaient avec leurs mères tous les soins du ménage. Dès que le chant du coq annonçait le retour de l'aurore, Virginie se levait, allait puiser de l'eau à la source voisine, et rentrait dans la maison pour préparer le déjeuner. Bientôt après, quand le soleil dorait les pitons de cette enceinte, Marguerite et son fils se rendaient chez madame de la Tour : alors ils commençaient tous ensemble une prière suivie du premier repas ; souvent ils le prenaient devant la porte, assis sur l'herbe sous un berceau de bananiers, qui leur fournissait à la fois des mets tout préparés dans leurs fruits substantiels, et du linge de table dans leurs feuilles larges, longues, et lustrées. Une nourriture saine et abondante développait rapidement les corps de ces deux jeunes gens, et une éducation douce peignait dans leur physionomie la pureté et le contentement de leur âme. Virginie n'avait que douze ans ; déjà sa taille était plus qu'à demi formée ; de grands cheveux blonds ombrageaient sa tête ; ses yeux bleus et ses lèvres de corail brillaient du plus tendre éclat sur la fraîcheur de son visage : ils souriaient toujours de concert quand elle parlait ; mais quand elle gardait le silence, leur obliquité naturelle vers le ciel leur donnait une expression d'une sensibilité extrême, et même celle d'une légère mélancolie. Pour Paul, on voyait déjà se développer en lui le caractère d'un homme au milieu des grâces de l'adolescence. Sa taille était plus élevée que celle de Virginie, son teint plus rembruni, son nez plus aquilin, et ses yeux, qui étaient noirs, auraient eu un peu de fierté, si les longs cils qui rayonnaient autour comme des pinceaux ne leur avaient donné la plus grande douceur. Quoiqu'il fût toujours en mouvement, dès que sa sœur paraissait il devenait tranquille et allait s'asseoir auprès d'elle. Souvent leur repas se passait sans qu'ils se dissent un mot. À leur silence, à la naïveté de leurs attitudes, à la beauté de leurs pieds nus, on eût cru voir un groupe antique de marbre blanc représentant quelques-uns des enfants de Niobé ; mais à leurs regards qui cherchaient à se rencontrer, à leurs sourires rendus par de plus doux sourires, on les eût pris pour ces enfants du ciel, pour ces esprits bienheureux dont la nature est de s'aimer, et qui n'ont pas besoin de rendre le sentiment par des pensées, et l'amitié par des paroles.

Cependant madame de la Tour, voyant sa fille se développer avec tant de charmes, sentait augmenter son inquiétude avec sa tendresse. Elle me disait quelquefois : « Si je venais à mourir, que deviendrait Virginie sans fortune ? »

Elle avait en France une tante, fille de qualité, riche, vieille et dévote, qui lui avait refusé si durement des secours lorsqu'elle se fut mariée à M. de la Tour, qu'elle s'était bien promis de n'avoir jamais recours à elle à quelque extrémité qu'elle fût réduite. Mais devenue mère, elle ne craignit plus la honte des refus. Elle manda à sa tante la mort inattendue de son mari, la naissance de sa fille, et l'embarras où elle se trouvait, loin de son pays, dénuée de support, et chargée d'un enfant. Elle n'en reçut point de réponse. Elle qui était d'un caractère élevé, ne craignit plus de s'humilier, et de s'exposer aux reproches de sa parente, qui ne lui avait jamais pardonné d'avoir épousé un homme sans naissance, quoique vertueux. Elle lui écrivait donc par toutes les occasions afin d'exciter sa sensibilité en faveur de Virginie. Mais bien des années s'étaient écoulées sans recevoir d'elle aucune marque de souvenir.

Enfin en 1738, trois ans après l'arrivée de M. de la Bourdonnais dans cette île, madame de la Tour apprit que ce gouverneur avait à lui remettre une lettre de la part de sa tante. Elle courut au Port Louis sans se soucier cette fois d'y paraître mal vêtue, la joie maternelle la mettant au-dessus du respect humain. M. de la Bourdonnais lui donna en effet une lettre de sa tante. Celle-ci mandait à sa nièce qu'elle avait mérité son sort pour avoir épousé un aventurier, un libertin ; que les passions portaient avec elles leur punition ; que la mort prématurée de son mari était un juste châtiment de Dieu ; qu'elle avait bien fait de passer aux îles plutôt que de déshonorer sa famille en France ; qu'elle était après tout dans un bon pays où tout le monde faisait fortune, excepté les paresseux. Après l'avoir ainsi blâmée elle finissait par se louer elle-même : pour éviter, disait-elle, les suites souvent funestes du mariage, elle avait toujours refusé de se marier. La vérité est qu'étant ambitieuse, elle n'avait voulu épouser qu'un homme de grande qualité ; mais quoiqu'elle fût très riche, et qu'à la cour on soit indifférent à tout excepté à la fortune, il ne s'était trouvé personne qui eût voulu s'allier à une fille aussi laide, et à un cœur aussi dur.

Elle ajoutait par post-scriptum que, toute réflexion faite, elle l'avait fortement recommandée à M. de la Bourdonnais. Elle l'avait en effet recommandée, mais suivant un usage bien commun aujourd'hui, qui rend un protecteur plus à craindre qu'un ennemi déclaré : afin de justifier auprès du gouverneur sa dureté pour sa nièce, en feignant de la plaindre, elle l'avait calomniée.

Madame de la Tour, que tout homme indifférent n'eût pu voir sans intérêt et sans respect, fut reçue avec beaucoup de froideur par M. de la Bourdonnais, prévenu contre elle. Il ne répondit à l'exposé qu'elle lui fit de sa situation et de celle de sa fille que par de durs monosyllabes : « Je verrai ; … nous verrons ;… avec le temps :… il y a bien des malheureux… Pourquoi indisposer une tante respectable ?… C'est vous qui avez tort. »

Madame de la Tour retourna à l'habitation, le cœur navré de douleur et plein d'amertume. En arrivant elle s'assit, jeta sur la table la lettre de sa tante, et dit à son amie : « Voilà le fruit de onze ans de patience ! » Mais comme il n'y avait que madame de la Tour qui sût lire dans la société, elle reprit la lettre et en fit la lecture devant toute la famille rassemblée. À peine était-elle achevée que Marguerite lui dit avec vivacité : « Qu'avons-nous besoin de tes parents ? Dieu nous a-t-il abandonnées ? C'est lui seul qui est notre père. N'avons-nous pas vécu heureuses jusqu'à ce jour ? Pourquoi donc te chagriner ? Tu n'as point de courage. » Et voyant madame de la Tour pleurer, elle se jeta à son cou, et la serrant dans ses bras : « Chère amie, s'écriat-elle, chère amie ! » mais ses propres sanglots étouffèrent sa voix. À ce spectacle Virginie, fondant en larmes, pressait alternativement les mains de sa mère et celles de Marguerite contre sa bouche et contre son cœur ; et Paul, les yeux enflammés de colère, criait, serrait les poings, frappait du pied, ne sachant à qui s'en prendre. À ce bruit Domingue et Marie accoururent, et l'on n'entendit plus dans la case que ces cris de douleur : « Ah, madame ! … ma bonne maîtresse !… ma mère !… ne pleurez pas. » De si tendres marques d'amitié dissipèrent le chagrin de madame de la Tour. Elle prit Paul et Virginie dans ses bras, et leur dit d'un air content : « Mes enfants, vous êtes cause de ma peine ; mais vous faites toute ma joie. Oh ! mes chers enfants, le malheur ne m'est venu que de loin ; le bonheur est autour de moi. » Paul et Virginie ne la comprirent pas, mais quand ils la virent tranquille ils sourirent, et se mirent à la caresser. Ainsi ils continuèrent tous d'être heureux, et ce ne fut qu'un orage au milieu d'une belle saison.

Le bon naturel de ces enfants se développait de jour en jour. Un dimanche, au lever de l'aurore, leurs mères étant allées à la première messe à l'église des Pamplemousses, une négresse marronne se présenta sous les bananiers qui entouraient leur habitation. Elle était décharnée comme un squelette, et n'avait pour vêtement qu'un lambeau de serpillière autour des reins. Elle se jeta aux pieds de Virginie, qui préparait le déjeuner de la famille, et lui dit : « Ma jeune demoiselle, ayez pitié d'une pauvre esclave fugitive ; il y a un mois que j'erre dans ces montagnes demi-morte de faim, souvent poursuivie par des chasseurs et par leurs chiens. Je fuis mon maître, qui est un riche habitant de la Rivière Noire : il m'a traitée comme vous le voyez » ; en même temps elle lui montra son corps sillonné de cicatrices profondes par les coups de fouet qu'elle en avait reçus. Elle ajouta : « Je voulais aller me noyer ; mais sachant que vous demeuriez ici, j'ai dit : Puisqu'il y a encore de bons Blancs dans ce pays il ne faut pas encore mourir. » Virginie, tout émue, lui répondit : « Rassurez-vous, infortunée créature ! Mangez, mangez » ; et elle lui donna le déjeuner de la maison, qu'elle avait apprêté. L'esclave en peu de moments le dévora tout entier. Virginie la voyant rassasiée lui dit : « Pauvre misérable ! j'ai envie d'aller demander votre grâce à votre maître ; en vous voyant il sera touché de pitié. Voulez-vous me conduire chez lui ? – Ange de Dieu, repartit la négresse, je vous suivrai partout où vous voudrez ». Virginie appela son frère, et le pria de l'accompagner. L'esclave marronne les conduisit par des sentiers, au milieu des bois, à travers de hautes montagnes qu'ils grimpèrent avec bien de la peine, et de larges rivières qu'ils passèrent à gué. Enfin, vers le milieu du jour, ils arrivèrent au bas d'un morne sur les bords de la Rivière Noire. Ils aperçurent là une maison bien bâtie, des plantations considérables, et un grand nombre d'esclaves occupés à toutes sortes de travaux. Leur maître se promenait au milieu d'eux, une pipe à la bouche, et un rotin à la main. C'était un grand homme sec, olivâtre, aux yeux enfoncés, et aux sourcils noirs et joints. Virginie, tout émue, tenant Paul par le bras, s'approcha de l'habitant, et le pria, pour l'amour de Dieu, de pardonner à son esclave, qui était à quelques pas de là derrière eux. D'abord l'habitant ne fit pas grand compte de ces deux enfants pauvrement vêtus ; mais quand il eut remarqué la taille élégante de Virginie, sa belle tête blonde sous une capote bleue, et qu'il eut entendu le doux son de sa voix, qui tremblait ainsi que tout son corps en lui demandant grâce, il ôta sa pipe de sa bouche, et levant son rotin vers le ciel, il jura par un affreux serment qu'il pardonnait à son esclave, non pas pour l'amour de Dieu, mais pour l'amour d'elle. Virginie aussitôt fit signe à l'esclave de s'avancer vers son maître ; puis elle s'enfuit, et Paul courut après elle.

Ils remontèrent ensemble le revers du morne par où ils étaient descendus, et parvenus au sommet ils s'assirent sous un arbre, accablés de lassitude, de faim et de soif. Ils avaient fait à jeun plus de cinq lieues depuis le lever du soleil. Paul dit à Virginie : « Ma sœur, il est plus de midi ; tu as faim et soif : nous ne trouverons point ici à dîner ; redescendons le morne, et allons demander à manger au maître de l'esclave. – Oh non, mon ami, reprit Virginie, il m'a fait trop de peur. Souviens-toi de ce que dit quelquefois maman : Le pain du méchant remplit la bouche de gravier. – Comment ferons-nous donc ? dit Paul ; ces arbres ne produisent que de mauvais fruits ; il n'y a pas seulement ici un tamarin ou un citron pour te rafraîchir. – Dieu aura pitié de nous, reprit Virginie ; il exauce la voix des petits oiseaux qui lui demandent de la nourriture. » À peine avait-elle dit ces mots qu'ils entendirent le bruit d'une source qui tombait d'un rocher voisin. Ils y coururent, et après s'être désaltérés avec ses eaux plus claires que le cristal, ils cueillirent et mangèrent un peu de cresson qui croissait sur ses bords. Comme ils regardaient de côté et d'autre s'ils ne trouveraient pas quelque nourriture plus solide, Virginie aperçut parmi les arbres de la forêt un jeune palmiste. Le chou que la cime de cet arbre renferme au milieu de ses feuilles est un fort bon manger ; mais quoique sa tige ne fût pas plus grosse que la jambe, elle avait plus de soixante pieds de hauteur. À la vérité le bois de cet arbre n'est formé que d'un paquet de filaments, mais son aubier est si dur qu'il fait rebrousser les meilleures haches ; et Paul n'avait pas même un couteau. L'idée lui vint de mettre le feu au pied de ce palmiste : autre embarras ; il n'avait point de briquet, et d'ailleurs dans cette île si couverte de rochers je ne crois pas qu'on puisse trouver une seule pierre à fusil. La nécessité donne de l'industrie, et souvent les inventions les plus utiles ont été dues aux hommes les plus misérables. Paul résolut d'allumer du feu à la manière des Noirs : avec l'angle d'une pierre il fit un petit trou sur une branche d'arbre bien sèche, qu'il assujettit sous ses pieds, puis avec le tranchant de cette pierre il fit une pointe à un autre morceau de branche également sèche, mais d'une espèce de bois différent ; il posa ensuite ce morceau de bois pointu dans le petit trou de la branche qui était sous ses pieds, et le faisant rouler rapidement entre ses mains comme on roule un moulinet dont on veut faire mousser du chocolat, en peu de moments il vit sortir du point de contact de la fumée et des étincelles. Il ramassa des herbes sèches et d'autres branches d'arbres, et mit le feu au pied du palmiste, qui bientôt après tomba avec un grand fracas. Le feu lui servit encore à dépouiller le chou de l'enveloppe de ses longues feuilles ligneuses et piquantes. Virginie et lui mangèrent une partie de ce chou crue, et l'autre cuite sous la cendre, et ils les trouvèrent également savoureuses. Ils firent ce repas frugal remplis de joie par le souvenir de la bonne action qu'ils avaient faite le matin ; mais cette joie était troublée par l'inquiétude où ils se doutaient bien que leur longue absence de la maison jetterait leurs mères. Virginie revenait souvent sur cet objet ; cependant Paul, qui sentait ses forces rétablies, l'assura qu'ils ne tarderaient pas à tranquilliser leurs parents.

Après dîner ils se trouvèrent bien embarrassés ; car ils n'avaient plus de guide pour les reconduire chez eux. Paul, qui ne s'étonnait de rien, dit à Virginie :

« Notre case est vers le soleil du milieu du jour ; il faut que nous passions, comme ce matin, par-dessus cette montagne que tu vois là-bas avec ses trois pitons. Allons, marchons, mon amie ». Cette montagne était celle des Trois-Mamelles, ainsi nommée parce que ses trois pitons en ont la forme. Ils descendirent donc le morne de la Rivière Noire du côté du nord, et arrivèrent après une heure de marche sur les bords d'une large rivière qui barrait leur chemin. Cette grande partie de l'île, toute couverte de forêts, est si peu connue même aujourd'hui que plusieurs de ses rivières et de ses montagnes n'y ont pas encore de nom. La rivière sur le bord de laquelle ils étaient coule en bouillonnant sur un lit de roches. Le bruit de ses eaux effraya Virginie ; elle n'osa y mettre les pieds pour la passer à gué. Paul alors prit Virginie sur son dos, et passa ainsi chargé sur les roches glissantes de la rivière malgré le tumulte de ses eaux. « N'aie pas peur, lui disait-il ; je me sens bien fort avec toi. Si l'habitant de la Rivière Noire t'avait refusé la grâce de son esclave, je me serais battu avec lui. – Comment ! dit Virginie, avec cet homme si grand et si méchant ? À quoi t'ai-je exposé ! Mon Dieu ! qu'il est difficile de faire le bien ! il n'y a que le mal de facile à faire. » Quand Paul fut sur le rivage, il voulut continuer sa route chargé de sa sœur, et il se flattait de monter ainsi la montagne des Trois-Mamelles qu'il voyait devant lui à une demi-lieue de là ; mais bientôt les forces lui manquèrent, et il fut obligé de la mettre à terre, et de se reposer auprès d'elle. Virginie lui dit alors : « Mon frère, le jour baisse ; tu as encore des forces, et les miennes me manquent ; laisse-moi ici, et retourne seul à notre case pour tranquilliser nos mères. – Oh ! non, dit Paul, je ne te quitterai pas. Si la nuit nous surprend dans ces bois, j'allumerai du feu, j'abattrai un palmiste, tu en mangeras le chou, et je ferai avec ses feuilles un ajoupa, pour te mettre à l'abri. » Cependant Virginie, s'étant un peu reposée, cueillit sur le tronc d'un vieux arbre penché sur le bord de la rivière de longues feuilles de scolopendre qui pendaient de son tronc ; elle en fit des espèces de brodequins dont elle s'entoura les pieds, que les pierres des chemins avaient mis en sang ; car dans l'empressement d'être utile elle avait oublié de se chausser. Se sentant soulagée par la fraîcheur de ces feuilles, elle rompit une branche de bambou et se mit en marche en s'appuyant d'une main sur ce roseau, et de l'autre sur son frère.

Ils cheminaient ainsi doucement à travers les bois ; mais la hauteur des arbres et l'épaisseur de leurs feuillages leur firent bientôt perdre de vue la montagne des Trois-Mamelles sur laquelle ils se dirigeaient, et même le soleil qui était déjà près de se coucher. Au bout de quelque temps ils quittèrent sans s'en apercevoir le sentier frayé dans lequel ils avaient marché jusqu'alors, et ils se trouvèrent dans un labyrinthe d'arbres, de lianes, et de roches, qui n'avait plus d'issue. Paul fit asseoir Virginie, et se mit à courir çà et là, tout hors de lui, pour chercher un chemin hors de ce fourré épais ; mais il se fatigua en vain. Il monta au haut d'un grand arbre pour découvrir au moins la montagne des Trois-Mamelles ; mais il n'aperçut autour de lui que les cimes des arbres, dont quelques-unes étaient éclairées par les derniers rayons du soleil couchant. Cependant l'ombre des montagnes couvrait déjà les forêts dans les vallées ; le vent se calmait, comme il arrive au coucher du soleil ; un profond silence régnait dans ces solitudes, et on n'y entendait d'autre bruit que le bramement des cerfs qui venaient chercher leur gîte dans ces lieux écartés. Paul, dans l'espoir que quelque chasseur pourrait l'entendre, cria alors de toute sa force : « Venez, venez au secours de Virginie ! » mais les seuls échos de la forêt répondirent à sa voix, et répétèrent à plusieurs reprises : « Virginie… Virginie. »

Paul descendit alors de l'arbre, accablé de fatigue et de chagrin : il chercha les moyens de passer la nuit dans ce lieu ; mais il n'y avait ni fontaine, ni palmiste, ni même de branche de bois sec propre à allumer du feu. Il sentit alors par son expérience toute la faiblesse de ses ressources, et il se mit à pleurer. Virginie lui dit :

« Ne pleure point, mon ami, si tu ne veux m'accabler de chagrin. C'est moi qui suis la cause de toutes tes peines, et de celles qu'éprouvent maintenant nos mères. Il ne faut rien faire, pas même le bien, sans consulter ses parents. Oh ! j'ai été bien imprudente ! » et elle se prit à verser des larmes. Cependant elle dit à Paul : « Prions Dieu, mon frère, et il aura pitié de nous. » À peine avaient-ils achevé leur prière qu'ils entendirent un chien aboyer. « C'est, dit Paul, le chien de quelque chasseur qui vient le soir tuer des cerfs à l'affût. » Peu après, les aboiements du chien redoublèrent. « Il me semble, dit Virginie, que c'est Fidèle, le chien de notre case ; oui, je reconnais sa voix : serions-nous si près d'arriver et au pied de notre montagne ? » En effet un moment après Fidèle était à leurs pieds, aboyant, hurlant, gémissant et les accablant de caresses. Comme ils ne pouvaient revenir de leur surprise, ils aperçurent Domingue qui accourait à eux. À l'arrivée de ce bon Noir, qui pleurait de joie, ils se mirent aussi à pleurer sans pouvoir lui dire un mot. Quand Domingue eut repris ses sens : « Ô mes jeunes maîtres, leur dit-il, que vos mères ont d'inquiétude ! comme elles ont été étonnées quand elles ne vous ont plus trouvés au retour de la messe où je les accompagnais ! Marie, qui travaillait dans un coin de l'habitation, n'a su nous dire où vous étiez allés. J'allais, je venais autour de l'habitation, ne sachant moi-même de quel côté vous chercher. Enfin j'ai pris vos vieux habits à l'un et à l'autre, je les ai fait flairer à Fidèle ; et sur-le-champ, comme si ce pauvre animal m'eût entendu, il s'est mis à quêter sur vos pas ; il m'a conduit, toujours en remuant la queue, jusqu'à la Rivière Noire. C'est là où j'ai appris d'un habitant que vous lui aviez ramené une négresse marronne, et qu'il vous avait accordé sa grâce. Mais quelle grâce ! il me l'a montrée attachée, avec une chaîne au pied, à un billot de bois, et avec un collier de fer à trois crochets autour du cou. De là Fidèle, toujours quêtant, m'a mené sur le morne de la Rivière Noire, où il s'est arrêté encore en aboyant de toute sa force ; c'était sur le bord d'une source auprès d'un palmiste abattu, et près d'un feu qui fumait encore. Enfin il m'a conduit ici : nous sommes au pied de la montagne des Trois-Mamelles, et il y a encore quatre bonnes lieues jusque chez nous. Allons, mangez, et prenez des forces. » Il leur présenta aussitôt un gâteau, des fruits, et une grande calebasse remplie d'une liqueur composée d'eau, de vin, de jus de citron, de sucre et de muscade, que leurs mères avaient préparée pour les fortifier et les rafraîchir. Virginie soupira au souvenir de la pauvre esclave, et des inquiétudes de leurs mères. Elle répéta plusieurs fois : « Oh qu'il est difficile de faire le bien ! » Pendant que Paul et elle se rafraîchissaient, Domingue alluma du feu, et ayant cherché dans les rochers un bois tortu qu'on appelle bois de ronde, et qui brûle tout vert en jetant une grande flamme, il en fit un flambeau qu'il alluma ; car il était déjà nuit. Mais il éprouva un embarras bien plus grand quand il fallut se mettre en route :

Paul et Virginie ne pouvaient plus marcher ; leurs pieds étaient enflés et tout rouges. Domingue ne savait s'il devait aller bien loin de là leur chercher du secours, ou passer dans ce lieu la nuit avec eux. « Où est le temps, leur disait-il, où je vous portais tous deux à la fois dans mes bras ? mais maintenant vous êtes grands, et je suis vieux. » Comme il était dans cette perplexité une troupe de Noirs marrons se fit voir à vingt pas de là. Le chef de cette troupe, s'approchant de Paul et de Virginie, leur dit : « Bons petits Blancs, n'ayez pas peur ; nous vous avons vus passer ce matin avec une négresse de la Rivière Noire ; vous alliez demander sa grâce à son mauvais maître : en reconnaissance nous vous reporterons chez vous sur nos épaules. » Alors il fit un signe, et quatre Noirs marrons des plus robustes firent aussitôt un brancard avec des branches d'arbres et des lianes, y placèrent Paul et Virginie, les mirent sur leurs épaules ; et Domingue marchant devant eux avec son flambeau, ils se mirent en route aux cris de joie de toute la troupe, qui les comblait de bénédictions. Virginie attendrie disait à Paul : « Oh, mon ami ! jamais Dieu ne laisse un bienfait sans récompense. »

Ils arrivèrent vers le milieu de la nuit au pied de leur Montagne, dont les croupes étaient éclairées de plusieurs feux. À peine ils la montaient qu'ils entendirent des voix qui criaient : « Est-ce vous, mes enfants ? » Ils répondirent avec les Noirs : « Oui, c'est nous » ; et bientôt ils aperçurent leurs mères et Marie qui venaient au-devant d'eux avec des tisons flambants. « Malheureux enfants, dit madame de la Tour, d'où venez-vous ? dans quelles angoisses vous nous avez jetées ! – Nous venons, dit Virginie, de la Rivière Noire demander la grâce d'une pauvre esclave marronne, à qui j'ai donné ce matin le déjeuner de la maison, parce qu'elle mourait de faim ; et voilà que les Noirs marrons nous ont ramenés. » Madame de la Tour embrassa sa fille sans pouvoir parler ; et Virginie, qui sentit son visage mouillé des larmes de sa mère, lui dit : « Vous me payez de tout le mal que j'ai souffert » Marguerite, ravie de joie, serrait Paul dans ses bras, et lui disait : « Et toi aussi, mon fils, tu as fait une bonne action. » Quand elles furent arrivées dans leur case avec leurs enfants, elles donnèrent bien à manger aux Noirs marrons, qui s'en retournèrent dans leurs bois en leur souhaitant toute sorte de prospérités.

Chaque jour était pour ces familles un jour de bonheur et de paix. Ni l'envie ni l'ambition ne les tourmentaient. Elles ne désiraient point au dehors une vaine réputation que donne l'intrigue, et qu'ôte la calomnie ; il leur suffisait d'être à elles-mêmes leurs témoins et leurs juges. Dans cette île, où, comme dans toutes les colonies européennes, on n'est curieux que d'anecdotes malignes, leurs vertus et même leurs noms étaient ignorés ; seulement quand un passant demandait sur le chemin des Pamplemousses à quelques d'anecdotes malignes, leurs vertus et même leurs noms étaient ignorés ; seulement quand un passant demandait sur le chemin des Pamplemousses à quelques habitants de la plaine : « Qui est-ce qui demeure là-haut dans ces petites cases ? » ceux-ci répondaient sans les connaître : « Ce sont de bonnes gens. » Ainsi des violettes, sous des buissons épineux, exhalent au loin leurs doux parfums, quoiqu'on ne les voie pas.

Elles avaient banni de leurs conversations la médisance, qui, sous une apparence de justice, dispose nécessairement le cœur à la haine ou à la fausseté ; car il est impossible de ne pas haïr les hommes si on les croit méchants, et de vivre avec les méchants si on ne leur cache sa haine sous de fausses apparences de bienveillance. Ainsi la médisance nous oblige d'être mal avec les autres ou avec nous-mêmes. Mais, sans juger des hommes en particulier, elles ne s'entretenaient que des moyens de faire du bien à tous en général ; et quoiqu'elles n'en eussent pas le pouvoir, elles en avaient une volonté perpétuelle qui les remplissait d'une bienveillance toujours prête à s'étendre au-dehors. En vivant donc dans la solitude, loin d'être sauvages, elles étaient devenues plus humaines. Si l'histoire scandaleuse de la société ne fournissait point de matière à leurs conversations, celle de la nature les remplissait de ravissement et de joie. Elles admiraient avec transport le pouvoir d'une providence qui par leurs mains avait répandu au milieu de ces arides rochers l'abondance, les grâces, les plaisirs purs, simples, et toujours renaissants.

Paul, à l'âge de douze ans, plus robuste et plus intelligent que les Européens à quinze, avait embelli ce que le Noir Domingue ne faisait que cultiver. Il allait avec lui dans les bois voisins déraciner de jeunes plants de citronniers, d'orangers, de tamarins dont la tête ronde est d'un si beau vert, et d'attiers dont le fruit est plein d'une crème sucrée qui a le parfum de la fleur d'orange : il plantait ces arbres déjà grands autour de cette enceinte. Il y avait semé des graines d'arbres qui dès la seconde année portent des fleurs ou des fruits, tels que l'agathis, où pendent tout autour, comme les cristaux d'un lustre, de longues grappes de fleurs blanches ; le lilas de Perse, qui élève droit en l'air ses girandoles gris de lin ; le papayer, dont le tronc sans branches, formé en colonne hérissée de melons verts, porte un chapiteau de larges feuilles semblables à celle du figuier.

Il y avait planté encore des pépins et des noyaux de badamiers, de manguiers, d'avocats, de goyaviers, de jaques et de jameroses. La plupart de ces arbres donnaient déjà à leur jeune maître de l'ombrage et des fruits. Sa main laborieuse avait répandu la fécondité jusque dans les lieux les plus stériles de cet enclos. Diverses espèces d'aloès, la raquette chargée de fleurs jaunes fouettées de rouge, les cierges épineux, s'élevaient sur les têtes noires des roches, et semblaient vouloir atteindre aux longues lianes, chargées de fleurs bleues ou écarlates, qui pendaient çà et là le long des escarpements de la montagne.

Il avait disposé ces végétaux de manière qu'on pouvait jouir de leur vue d'un seul coup d'œil. Il avait planté au milieu de ce bassin les herbes qui s'élèvent peu, ensuite les arbrisseaux, puis les arbres moyens, et enfin les grands arbres qui en bordaient la circonférence ; de sorte que ce vaste enclos paraissait de son centre comme un amphithéâtre de verdure, de fruits et de fleurs, renfermant des plantes potagères, des lisières de prairies, et des champs de riz et de blé. Mais en assujettissant ces végétaux à son plan, il ne s'était pas écarté de celui de la nature ; guidé par ses indications, il avait mis dans les lieux élevés ceux dont les semences sont volatiles, et sur le bord des eaux ceux dont les graines sont faites pour flotter : ainsi chaque végétal croissait dans son site propre et chaque site recevait de son végétal sa parure naturelle. Les eaux qui descendent du sommet de ces roches formaient au fond du vallon, ici des fontaines, là de larges miroirs qui répétaient au milieu de la verdure les arbres en fleurs, les rochers, et l'azur des cieux.

Malgré la grande irrégularité de ce terrain toutes ces plantations étaient pour la plupart aussi accessibles au toucher qu'à la vue : à la vérité nous l'aidions tous de nos conseils et de nos secours pour en venir à bout. Il avait pratiqué un sentier qui tournait autour de ce bassin et dont plusieurs rameaux venaient se rendre de la circonférence au centre. Il avait tiré parti des lieux les plus raboteux, et accordé par la plus heureuse harmonie la facilité de la promenade avec l'aspérité du sol, et les arbres domestiques avec les sauvages. De cette énorme quantité de pierres roulantes qui embarrasse maintenant ces chemins ainsi que la plupart du terrain de cette île, il avait formé çà et là des pyramides, dans les assises desquelles il avait mêlé de la terre et des racines de rosiers, de poincillades, et d'autres arbrisseaux qui se plaisent dans les roches ; en peu de temps ces pyramides sombres et brutes furent couvertes de verdure, ou de l'éclat des plus belles fleurs. Les ravins bordés de vieux arbres inclinés sur leurs bords formaient des souterrains voûtés inaccessibles à la chaleur, où l'on allait prendre le frais pendant le jour. Un sentier conduisait dans un bosquet d'arbres sauvages, au centre duquel croissait à l'abri des vents un arbre domestique chargé de fruits. Là était une moisson, ici un verger. Par cette avenue on apercevait les maisons ; par cette autre, les sommets inaccessibles de la montagne. Sous un bocage touffu de tatamaques entrelacés de lianes on ne distinguait en plein midi aucun objet ; sur la pointe de ce grand rocher voisin qui sort de la montagne on découvrait tous ceux de cet enclos, avec la mer au loin, où apparaissait quelquefois un vaisseau qui venait de l'Europe, ou qui y retournait. C'était sur ce rocher que ces familles se rassemblaient le soir, et jouissaient en silence de la fraîcheur de l'air, du parfum des fleurs, du murmure des fontaines, et des dernières harmonies de la lumière et des ombres.

Rien n'était plus agréable que les noms donnés à la plupart des retraites charmantes de ce labyrinthe. Ce rocher dont je viens de vous parler, d'où l'on me voyait venir de bien loin, s'appelait la Découverte de l'Amitié. Paul et Virginie, dans leurs jeux, y avaient planté un bambou, au haut duquel ils élevaient un petit mouchoir blanc pour signaler mon arrivée dès qu'ils m'apercevaient, ainsi qu'on élève un pavillon sur la montagne voisine, à la vue d'un vaisseau en mer. L'idée me vint de graver une inscription sur la tige de ce roseau. Quelque plaisir que j'aie eu dans mes voyages à voir une statue ou un monument de l'antiquité, j'en ai encore davantage à lire une inscription bien faite ; il me semble alors qu'une voix humaine sorte de la pierre, se fasse entendre à travers les siècles, et s'adressant à l'homme au milieu des déserts, lui dise qu'il n'est pas seul, et que d'autres hommes dans ces mêmes lieux ont senti, pensé, et souffert comme lui : que si cette inscription est de quelque nation ancienne qui ne subsiste plus, elle étend notre âme dans les champs de l'infini, et lui donne le sentiment de son immortalité, en lui montrant qu'une pensée a survécu à la ruine même d'un empire.

J'écrivis donc sur le petit mât de pavillon de Paul et de Virginie ces vers d'Horace :

... Fratres Helenae, lucida sidera,
Ventorumque regat pater,
Obstrictis aliis, praeter iapyga.

« Que les frères d'Hélène, astres charmants comme vous, et que le père des vents vous dirigent, et ne fassent souffler que le zéphyr. »

Je gravai ce vers de Virgile sur l'écorce d'un tatamaque, à l'ombre duquel Paul s'asseyait quelquefois pour regarder au loin la mer agitée :

Fortunatus et ille deos qui novit agrestes !

« Heureux, mon fils, de ne connaître que les divinités champêtres ! »

Et cet autre, au-dessus de la porte de la cabane de madame de la Tour, qui était leur lieu d'assemblée :

At secura quies, et nescia fallere vita.

« Ici est une bonne conscience, et une vie qui ne sait pas tromper. »

Mais Virginie n'approuvait point mon latin ; elle disait que ce que j'avais mis au pied de sa girouette était trop long et trop savant : « J'eusse mieux aimé, ajoutait-elle, Toujours agitée, mais constante. – Cette devise, lui répondis-je, conviendrait encore mieux à la vertu. » Ma réflexion la fit rougir.

Ces familles heureuses étendaient leurs âmes sensibles à tout ce qui les environnait. Elles avaient donné les noms les plus tendres aux objets en apparence les plus indifférents. Un cercle d'orangers, de bananiers et de jameroses plantés autour d'une pelouse, au milieu de laquelle Virginie et Paul allaient quelquefois danser, se nommait La Concorde. Un vieux arbre, à l'ombre duquel madame de la Tour et Marguerite s'étaient raconté leurs malheurs, s'appelait Les Pleurs essuyés. Elles faisaient porter les noms de Bretagne et de Normandie à de petites portions de terre où elles avaient semé du blé, des fraises et des pois. Domingue et Marie désirant, à l'imitation de leurs maîtresses, se rappeler les lieux de leur naissance en Afrique, appelaient Angola et Foullepointe deux endroits où croissait l'herbe dont ils faisaient des paniers, et où ils avaient planté un calebassier. Ainsi, par ces productions de leurs climats, ces familles expatriées entretenaient les douces illusions de leur pays et en calmaient les regrets dans une terre étrangère. Hélas ! j'ai vu s'animer de mille appellations charmantes les arbres, les fontaines, les rochers de ce lieu maintenant si bouleversé, et qui, semblable à un champ de la Grèce, n'offre plus que des ruines et des noms touchants.

Mais de tout ce que renfermait cette enceinte rien n'était plus agréable que ce qu'on appelait le Repos de Virginie. Au pied du rocher la Decouverte de L'Amitié est un enfoncement d'où sort une fontaine, qui forme dès sa source une petite flaque d'eau, au milieu d'un pré d'une herbe fine. Lorsque Marguerite eut mis Paul au monde je lui fis présent d'un coco des Indes qu'on m'avait donné. Elle planta ce fruit sur le bord de cette flaque d'eau, afin que l'arbre qu'il produirait servît un jour d'époque à la naissance de son fils. Madame de la Tour, à son exemple, y en planta un autre dans une semblable intention dès qu'elle fut accouchée de Virginie. Il naquit de ces deux fruits deux cocotiers, qui formaient toutes les archives de ces deux familles ; l'un se nommait l'arbre de Paul, et l'autre, l'arbre de Virginie. Ils crûrent tous deux, dans la même proportion que leurs jeunes maîtres, d'une hauteur un peu inégale, mais qui surpassait au bout de douze ans celle de leurs cabanes. Déjà ils entrelaçaient leurs palmes, et laissaient pendre leurs jeunes grappes de cocos au-dessus du bassin de la fontaine. Excepté cette plantation on avait laissé cet enfoncement du rocher tel que la nature l'avait orné. Sur ses flancs bruns et humides rayonnaient en étoiles vertes et noires de larges capillaires, et flottaient au gré des vents des touffes de scolopendre suspendues comme de longs rubans d'un vert pourpré. Près de là croissaient des lisières de pervenche, dont les fleurs sont presque semblables à celles de la giroflée rouge, et des piments, dont les gousses couleur de sang sont plus éclatantes que le corail. Aux environs, l'herbe de baume, dont les feuilles sont en cœur, et les basilics à odeur de girofle, exhalaient les plus doux parfums. Du haut de l'escarpement de la montagne pendaient des lianes semblables à des draperies flottantes, qui formaient sur les flancs des rochers de grandes courtines de verdure. Les oiseaux de mer, attirés par ces retraites paisibles, y venaient passer la nuit. Au coucher du soleil on y voyait voler le long des rivages de la mer le corbigeau et l'alouette marine, et au haut des airs la noire frégate, avec l'oiseau blanc du tropique, qui abandonnaient, ainsi que l'astre du jour, les solitudes de l'océan indien. Virginie aimait à se reposer sur les bords de cette fontaine, décorée d'une pompe à la fois magnifique et sauvage. Souvent elle y venait laver le linge de la famille à l'ombre des deux cocotiers. Quelquefois elle y menait paître ses chèvres. Pendant qu'elle préparait des fromages avec leur lait, elle se plaisait à les voir brouter les capillaires sur les flancs escarpés de la roche, et se tenir en l'air sur une de ses corniches comme sur un piédestal. Paul, voyant que ce lieu était aimé de Virginie, y apporta de la forêt voisine des nids de toute sorte d'oiseaux. Les pères et les mères de ces oiseaux suivirent leurs petits, et vinrent s'établir dans cette nouvelle colonie. Virginie leur distribuait de temps en temps des grains de riz, de maïs et de millet : dès qu'elle paraissait, les merles siffleurs, les bengalis, dont le ramage est si doux, les cardinaux, dont le plumage est couleur de feu, quittaient leurs buissons ; des perruches vertes comme des émeraudes descendaient des lataniers voisins ; des perdrix accouraient sous l'herbe : tous s'avançaient pêle-mêle jusqu'à ses pieds comme des poules. Paul et elle s'amusaient avec transport de leurs jeux, de leurs appétits, et de leurs amours.

Aimables enfants, vous passiez ainsi dans l'innocence vos premiers jours en vous exerçant aux bienfaits ! Combien de fois dans ce lieu vos mères, vous serrant dans leurs bras, bénissaient le ciel de la consolation que vous prépariez à leur vieillesse, et de vous voir entrer dans la vie sous de si heureux auspices ! Combien de fois, à l'ombre de ces rochers, ai-je partagé avec elles vos repas champêtres qui n'avaient coûté la vie à aucun animal ! des calebasses pleines de lait, des œufs frais, des gâteaux de riz sur des feuilles de bananier, des corbeilles chargées de patates, de mangues, d'oranges, de grenades, de bananes, d'attes, d'ananas, offraient à la fois les mets les plus sains, les couleurs les plus gaies, et les sucs les plus agréables.

La conversation était aussi douce et aussi innocente que ces festins : Paul y parlait souvent des travaux du jour et de ceux du lendemain. Il méditait toujours quelque chose d'utile pour la société. Ici les sentiers n'étaient pas commodes ; là on était mal assis ; ces jeunes berceaux ne donnaient pas assez d'ombrage ; Virginie serait mieux là.

Dans la saison pluvieuse ils passaient le jour tous ensemble dans la case, maîtres et serviteurs, occupés à faire des nattes d'herbes et des paniers de bambou. On voyait rangés dans le plus grand ordre aux parois de la muraille des râteaux, des haches, des bêches ; et auprès de ces instruments de l'agriculture les productions qui en étaient les fruits, des sacs de riz, des gerbes de blé, et des régimes de bananes. La délicatesse s'y joignait toujours à l'abondance. Virginie, instruite par Marguerite et par sa mère, y préparait des sorbets et des cordiaux avec le jus des cannes à sucre, des citrons et des cédrats.

La nuit venue, ils soupaient à la lueur d'une lampe ; ensuite madame de la Tour ou Marguerite racontait quelques histoires de voyageurs égarés la nuit dans les bois de l'Europe infestés de voleurs, ou le naufrage de quelque vaisseau jeté par la tempête sur les rochers d'une île déserte. À ces récits les âmes sensibles de leurs enfants s'enflammaient ; ils priaient le ciel de leur faire la grâce d'exercer quelque jour l'hospitalité envers de semblables malheureux. Cependant les deux familles se séparaient pour aller prendre du repos, dans l'impatience de se revoir le lendemain. Quelquefois elles s'endormaient au bruit de la pluie qui tombait par torrents sur la couverture de leurs cases, ou à celui des vents qui leur apportaient le murmure lointain des flots qui se brisaient sur le rivage. Elles bénissaient Dieu de leur sécurité personnelle, dont le sentiment redoublait par celui du danger éloigné.

De temps en temps madame de la Tour lisait publiquement quelque histoire touchante de l'Ancien ou du Nouveau Testament. Ils raisonnaient peu sur ces livres sacrés ; car leur théologie était toute en sentiment, comme celle de la nature, et leur morale toute en action, comme celle de l'Évangile. Ils n'avaient point de jours destinés aux plaisirs et d'autres à la tristesse. Chaque jour était pour eux un jour de fête, et tout ce qui les environnait un temple divin, où ils admiraient sans cesse une Intelligence infinie, toute-puissante, et amie des hommes ; ce sentiment de confiance dans le pouvoir suprême les remplissait de consolation pour le passé, de courage pour le présent, et d'espérance pour l'avenir. Voilà comme ces femmes, forcées par le malheur de rentrer dans la nature, avaient développé en elles-mêmes et dans leurs enfants ces sentiments que donne la nature pour nous empêcher de tomber dans le malheur.

Mais comme il s'élève quelquefois dans l'âme la mieux réglée des nuages qui la troublent, quand quelque membre de leur société paraissait triste, tous les autres se réunissaient autour de lui, et l'enlevaient aux pensées amères, plus par des sentiments que par des réflexions. Chacun y employait son caractère particulier ; Marguerite, une gaieté vive ; madame de la Tour, une théologie douce ; Virginie, des caresses tendres ; Paul, de la franchise et de la cordialité ; Marie et Domingue même venaient à son secours. Ils s'affligeaient s'ils le voyaient affligé, et ils pleuraient s'ils le voyaient pleurer. Ainsi des plantes faibles s'entrelacent ensemble pour résister aux ouragans.

Dans la belle saison ils allaient tous les dimanches à la messe à l'église des Pamplemousses dont vous voyez le clocher là-bas dans la plaine. Il y venait des habitants riches, en palanquin, qui s'empressèrent plusieurs fois de faire la connaissance de ces familles si unies, et de les inviter à des parties de plaisir. Mais elles repoussèrent toujours leurs offres avec honnêteté et respect, persuadées que les gens puissants ne recherchent les faibles que pour avoir des complaisants, et qu'on ne peut être complaisant qu'en flattant les passions d'autrui, bonnes et mauvaises. D'un autre côté elles n'évitaient pas avec moins de soin l'accointance des petits habitants pour l'ordinaire jaloux, médisants et grossiers. Elles passèrent d'abord auprès des uns pour timides, et auprès des autres pour fières ; mais leur conduite réservée était accompagnée de marques de politesse si obligeantes, surtout envers les misérables, qu'elles acquirent insensiblement le respect des riches et la confiance des pauvres.

Après la messe on venait souvent les requérir de quelque bon office. C'était une personne affligée qui leur demandait des conseils, ou un enfant qui les priait de passer chez sa mère malade dans un des quartiers voisins. Elles portaient toujours avec elles quelques recettes utiles aux maladies ordinaires aux habitants, et elles y joignaient la bonne grâce, qui donne tant de prix aux petits services. Elles réussissaient surtout à bannir les peines de l'esprit, si intolérables dans la solitude et dans un corps infirme. Madame de la Tour parlait avec tant de confiance de la Divinité que le malade en l'écoutant la croyait présente. Virginie revenait bien souvent de là les yeux humides de larmes, mais le cœur rempli de joie, car elle avait eu l'occasion de faire du bien. C'était elle qui préparait d'avance les remèdes nécessaires aux malades, et qui les leur présentait avec une grâce ineffable. Après ces visites d'humanité, elles prolongeaient quelquefois leur chemin par la vallée de la Montagne Longue jusque chez moi, où je les attendais à dîner sur les bords de la petite rivière qui coule dans mon voisinage. Je me procurais pour ces occasions quelques bouteilles de vin vieux, afin d'augmenter la gaieté de nos repas indiens par ces douces et cordiales productions de l'Europe. D'autres fois nous nous donnions rendez-vous sur les bords de la mer, à l'embouchure de quelques autres petites rivières, qui ne sont guère ici que de grands ruisseaux : nous y apportions de l'habitation des provisions végétales que nous joignions à celles que la mer nous fournissait en abondance. Nous pêchions sur ses rivages des cabots, des polypes, des rougets, des langoustes, des chevrettes, des crabes, des oursins, des huîtres, et des coquillages de toute espèce. Les sites les plus terribles nous procuraient souvent les plaisirs les plus tranquilles. Quelquefois, assis sur un rocher, à l'ombre d'un veloutier, nous voyions les flots du large venir se briser à nos pieds avec un horrible fracas. Paul, qui nageait d'ailleurs comme un poisson, s'avançait quelquefois sur les récifs au-devant des lames, puis à leur approche il fuyait sur le rivage devant leurs grandes volutes écumeuses et mugissantes qui le poursuivaient bien avant sur la grève. Mais Virginie à cette vue jetait des cris perçants, et disait que ces jeux-là lui faisaient grand-peur.

Nos repas étaient suivis des chants et des danses de ces deux jeunes gens. Virginie chantait le bonheur de la vie champêtre, et les malheurs des gens de mer que l'avarice porte à naviguer sur un élément furieux, plutôt que de cultiver la terre, qui donne paisiblement tant de biens. Quelquefois, à la manière des Noirs, elle exécutait avec Paul une pantomime. La pantomime est le premier langage de l'homme ; elle est connue de toutes les nations ; elle est si naturelle et si expressive que les enfants des Blancs ne tardent pas à l'apprendre dès qu'ils ont vu ceux des Noirs s'y exercer. Virginie se rappelant, dans les lectures que lui faisait sa mère, les histoires qui l'avaient le plus touchée, en rendait les principaux évènements avec beaucoup de naïveté. Tantôt, au son du tam-tam de Domingue, elle se présentait sur la pelouse, portant une cruche sur sa tête, elle s'avançait avec timidité à la source d'une fontaine voisine pour y puiser de l'eau. Domingue et Marie, représentant les bergers de Madian, lui en défendaient l'approche et feignaient de la repousser. Paul accourait à son secours, battait les bergers, remplissait la cruche de Virginie, et en la lui posant sur la tête il lui mettait en même temps une couronne de fleurs rouges de pervenche qui relevait la blancheur de son teint. Alors, me prêtant à leurs jeux, je me chargeais du personnage de Raguel, et j'accordais à Paul ma fille Séphora en mariage.

Une autre fois elle représentait l'infortunée Ruth qui retourne veuve et pauvre dans son pays, où elle se trouve étrangère après une longue absence. Domingue et Marie contrefaisaient les moissonneurs. Virginie feignait de glaner çà et là sur leurs pas quelques épis de blé. Paul, imitant la gravité d'un patriarche, l'interrogeait ; elle répondait en tremblant à ses questions. Bientôt ému de pitié il accordait l'hospitalité à l'innocence, et un asile à l'infortune ; il remplissait le tablier de Virginie de toutes sortes de provisions, et l'amenait devant nous, comme devant les anciens de la ville, en déclarant qu'il la prenait en mariage malgré son indigence. Madame de la Tour, à cette scène, venant à se rappeler l'abandon où l'avaient laissée ses propres parents, son veuvage, la bonne réception que lui avait faite Marguerite, suivie maintenant de l'espoir d'un mariage heureux entre leurs enfants, ne pouvait s'empêcher de pleurer ; et ce souvenir confus de maux et de biens nous faisait verser à tous des larmes de douleur et de joie.

Ces drames étaient rendus avec tant de vérité qu'on se croyait transporté dans les champs de la Syrie ou de la Palestine. Nous ne manquions point de décorations, d'illuminations et d'orchestre convenables à ce spectacle. Le lieu de la scène était pour l'ordinaire au carrefour d'une forêt dont les percés formaient autour de nous plusieurs arcades de feuillage : nous étions à leur centre abrités de la chaleur pendant toute la journée ; mais quand le soleil était descendu à l'horizon, ses rayons, brisés par les troncs des arbres, divergeaient dans les ombres de la forêt en longues gerbes lumineuses qui produisaient le plus majestueux effet. Quelquefois son disque tout entier paraissait à l'extrémité d'une avenue et la rendait toute étincelante de lumière. Le feuillage des arbres, éclairés en dessous de ses rayons safranés, brillait des feux de la topaze et de l'émeraude ; leurs troncs mousseux et bruns paraissaient changés en colonnes de bronze antique ; et les oiseaux déjà retirés en silence sous la sombre feuillée pour y passer la nuit, surpris de revoir une seconde aurore, saluaient tous à la fois l'astre du jour par mille et mille chansons.

La nuit nous surprenait bien souvent dans ces fêtes champêtres ; mais la pureté de l'air et la douceur du climat nous permettaient de dormir sous un ajoupa, au milieu des bois, sans craindre d'ailleurs les voleurs ni de près ni de loin. Chacun le lendemain retournait dans sa case, et la retrouvait dans l'état où il l'avait laissée. Il y avait alors tant de bonne foi et de simplicité dans cette île sans commerce, que les portes de beaucoup de maisons ne fermaient point à la clef, et qu'une serrure était un objet de curiosité pour plusieurs Créoles.

Mais il y avait dans l'année des jours qui étaient pour Paul et Virginie des jours de plus grandes réjouissances ; c'étaient les fêtes de leurs mères. Virginie ne manquait pas la veille de pétrir et de cuire des gâteaux de farine de froment, qu'elle envoyait à de pauvres familles de Blancs, nées dans l'île, qui n'avaient jamais mangé de pain d'Europe, et qui sans aucun secours de Noirs, réduites à vivre de manioc au milieu des bois, n'avaient pour supporter la pauvreté ni la stupidité qui accompagne l'esclavage, ni le courage qui vient de l'éducation. Ces gâteaux étaient les seuls présents que Virginie pût faire de l'aisance de l'habitation ; mais elle y joignait une bonne grâce qui leur donnait un grand prix. D'abord c'était Paul qui était chargé de les porter lui-même à ces familles, et elles s'engageaient en les recevant de venir le lendemain passer la journée chez madame de la Tour et Marguerite. On voyait alors arriver une mère de famille avec deux ou trois misérables filles, jaunes, maigres, et si timides qu'elles n'osaient lever les yeux. Virginie les mettait bientôt à leur aise ; elle leur servait des rafraîchissements, dont elle relevait la bonté par quelque circonstance particulière qui en augmentait selon elle l'agrément : cette liqueur avait été préparée par Marguerite, cette autre par sa mère ; son frère avait cueilli lui-même ce fruit au haut d'un arbre. Elle engageait Paul à les faire danser. Elle ne les quittait point qu'elle ne les vît contentes et satisfaites ; elle voulait qu'elles fussent joyeuses de la joie de sa famille. « On ne fait son bonheur, disait-elle, qu'en s'occupant de celui des autres. » Quand elles s'en retournaient elle les engageait d'emporter ce qui paraissait leur avoir fait plaisir, couvrant la nécessité d'agréer ses présents du prétexte de leur nouveauté ou de leur singularité. Si elle remarquait trop de délabrement dans leurs habits, elle choisissait, avec l'agrément de sa mère, quelques-uns des siens, et elle chargeait Paul d'aller secrètement les déposer à la porte de leurs cases. Ainsi elle faisait le bien, à l'exemple de la Divinité, cachant la bienfaitrice, et montrant le bienfait.

Vous autres Européens, dont l'esprit se remplit dès l'enfance de tant de préjugés contraires au bonheur, vous ne pouvez concevoir que la nature puisse donner tant de lumières et de plaisirs. Votre âme, circonscrite dans une petite sphère de connaissances humaines, atteint bientôt le terme de ses jouissances artificielles : mais la nature et le cœur sont inépuisables. Paul et Virginie n'avaient ni horloges, ni almanachs, ni livres de chronologie, d'histoire, et de philosophie. Les périodes de leur vie se réglaient sur celles de la nature. Ils connaissaient les heures du jour par l'ombre des arbres ; les saisons, par les temps où ils donnent leurs fleurs ou leurs fruits ; et les années, par le nombre de leurs récoltes. Ces douces images répandaient les plus grands charmes dans leurs conversations. « Il est temps de dîner, disait Virginie à la famille, les ombres des bananiers sont à leurs pieds » ; ou bien : « La nuit s'approche, les tamarins ferment leurs feuilles. – Quand viendrez-vous nous voir ? lui disaient quelques amies du voisinage. – Aux cannes de sucre, répondait Virginie. – Votre visite nous sera encore plus douce et plus agréable, reprenaient ces jeunes filles. » Quand on l'interrogeait sur son âge et sur celui de Paul : « Mon frère, disait-elle, est de l'âge du grand cocotier de la fontaine, et moi de celui du plus petit. Les manguiers ont donné douze fois leurs fruits, et les orangers vingt-quatre fois leurs fleurs depuis que je suis au monde. » Leur vie semblait attachée à celle des arbres comme celle des faunes et des dryades : ils ne connaissaient d'autres époques historiques que celles de la vie de leurs mères, d'autre chronologie que celle de leurs vergers, et d'autre philosophie que de faire du bien à tout le monde, et de se résigner à la volonté de Dieu.

Après tout qu'avaient besoin ces jeunes gens d'être riches et savants à notre manière ? leurs besoins et leur ignorance ajoutaient encore à leur félicité. Il n'y avait point de jour qu'ils ne se communiquassent quelques secours ou quelques lumières : oui, des lumières ; et quand il s'y serait mêlé quelques erreurs, l'homme pur n'en a point de dangereuses à craindre. Ainsi croissaient ces deux enfants de la nature. Aucun souci n'avait ridé leur front, aucune intempérance n'avait corrompu leur sang, aucune passion malheureuse n'avait dépravé leur cœur : l'amour, l'innocence, la piété, développaient chaque jour la beauté de leur âme en grâces ineffables, dans leurs traits, leurs attitudes et leurs mouvements. Au matin de la Vie, ils en avaient toute la fraîcheur : tels dans le jardin d'Éden parurent nos premiers parents, lorsque, sortant des mains de Dieu, ils se virent, s'approchèrent, et conversèrent d'abord comme frère et comme sœur. Virginie, douce, modeste, confiante comme Ève ; et Paul, semblable à Adam, ayant la taille d'un homme avec la simplicité d'un enfant.

Quelquefois seul avec elle (il me l'a mille fois raconté), il lui disait au retour de ses travaux : « Lorsque je suis fatigué ta vue me délasse. Quand du haut de la montagne je t'aperçois au fond de ce vallon, tu me parais au milieu de nos vergers comme un bouton de rose. Si tu marches vers la maison de nos mères, la perdrix qui court vers ses petits a un corsage moins beau et une démarche moins légère. Quoique je te perde de vue à travers les arbres, je n'ai pas besoin de te voir pour te retrouver ; quelque chose de toi que je ne puis dire reste pour moi dans l'air où tu passes, sur l'herbe où tu t'assieds. Lorsque je t'approche, tu ravis tous mes sens. L'azur du ciel est moins beau que le bleu de tes yeux ; le chant des bengalis, moins doux que le son de ta voix. Si je te touche seulement du bout du doigt, tout mon corps frémit de plaisir. Souviens-toi du jour où nous passâmes à travers les cailloux roulants de la rivière des Trois-Mamelles. En arrivant sur ses bords j'étais déjà bien fatigué ; mais quand je t'eus prise sur mon dos il me semblait que j'avais des ailes comme un oiseau. Dis-moi par quel charme tu as pu m'enchanter. Est-ce par ton esprit ? mais nos mères en ont plus que nous deux. Est-ce par tes caresses ? mais elles m'embrassent plus souvent que toi. Je crois que c'est par ta bonté. Je n'oublierai jamais que tu as marché nu-pieds jusqu'à la Rivière Noire pour demander la grâce d'une pauvre esclave fugitive. Tiens, ma bien-aimée, prends cette branche fleurie de citronnier que j'ai cueillie dans la forêt ; tu la mettras la nuit près de ton lit. Mange ce rayon de miel ; je l'ai pris pour toi au haut d'un rocher. Mais auparavant repose-toi sur mon sein, et je serai délassé. »

Virginie lui répondait : « Ô mon frère ! les rayons du soleil au matin, au haut de ces rochers, me donnent moins de joie que ta présence. J'aime bien ma mère, j'aime bien la tienne ; mais quand elles t'appellent mon fils je les aime encore davantage. Les caresses qu'elles te font me sont plus sensibles que celles que j'en reçois. Tu me demandes pourquoi tu m'aimes ; mais tout ce qui a été élevé ensemble s'aime. Vois nos oiseaux ; élevés dans les mêmes nids, ils s'aiment comme nous ; ils sont toujours ensemble comme nous. Écoute comme ils s'appellent et se répondent d'un arbre à l'autre : de même quand l'écho me fait entendre les airs que tu joues sur ta flûte, au haut de la montagne, j'en répète les paroles au fond de ce vallon. Tu m'es cher, surtout depuis le jour où tu voulais te battre pour moi contre le maître de l'esclave. Depuis ce temps-là, je me suis dit bien des fois : Ah ! mon frère a un bon cœur ; sans lui je serais morte d'effroi. Je prie Dieu tous les jours pour ma mère, pour la tienne, pour toi, pour nos pauvres serviteurs ; mais quand je prononce ton nom il me semble que ma dévotion augmente. Je demande si instamment à Dieu qu'il ne t'arrive aucun mal ! Pourquoi vas-tu si loin et si haut me chercher des fruits et des fleurs ? n'en avons-nous pas assez dans le jardin ? Comme te voilà fatigué ! tu es tout en nage. » Et avec son petit mouchoir blanc elle lui essuyait le front et les joues, et elle lui donnait plusieurs baisers.

Cependant depuis quelque temps Virginie se sentait agitée d'un mal inconnu. Ses beaux yeux bleus se marbraient de noir ; son teint jaunissait ; une langueur universelle abattait son corps. La sérénité n'était plus sur son front, ni le sourire sur ses lèvres. On la voyait tout à coup gaie sans joie, et triste sans chagrin. Elle fuyait ses jeux innocents, ses doux travaux, et la société de sa famille bien-aimée. Elle errait çà et là dans les lieux les plus solitaires de l'habitation, cherchant partout du repos, et ne le trouvant nulle part. Quelquefois, à la vue de Paul, elle allait vers lui en folâtrant ; puis tout à coup, près de l'aborder, un embarras subit la saisissait ; un rouge vif colorait ses joues pâles, et ses yeux n'osaient plus s'arrêter sur les siens. Paul lui disait : « La verdure couvre ces rochers, nos oiseaux chantent quand ils te voient ; tout est gai autour de toi, toi seule est triste. » Et il cherchait à la ranimer en l'embrassant ; mais elle détournait la tête, et fuyait tremblante vers sa mère. L'infortunée se sentait troublée par les caresses de son frère. Paul ne comprenait rien à des caprices si nouveaux et si étranges. Un mal n'arrive guère seul.

Un de ces étés qui désolent de temps à autre les terres situées entre les tropiques vint étendre ici ses ravages. C'était vers la fin de décembre, lorsque le soleil au capricorne échauffe pendant trois semaines l'Île de France de ses feux verticaux. Le vent du sud-est qui y règne presque toute l'année n'y soufflait plus. De longs tourbillons de poussière s'élevaient sur les chemins, et restaient suspendus en l'air. La terre se fendait de toutes parts ; l'herbe était brûlée ; des exhalaisons chaudes sortaient du flanc des montagnes, et la plupart de leurs ruisseaux étaient desséchés. Aucun nuage ne venait du côté de la mer. Seulement pendant le jour des vapeurs rousses s'élevaient de dessus ses plaines, et paraissaient au coucher du soleil comme les flammes d'un incendie. La nuit même n'apportait aucun rafraîchissement à l'atmosphère embrasée. L'orbe de la lune, tout rouge, se levait, dans un horizon embrumé, d'une grandeur démesurée. Les troupeaux abattus sur les flancs des collines, le cou tendu vers le ciel, aspirant l'air, faisaient retentir les vallons de tristes mugissements. Le Cafre même qui les conduisait se couchait sur la terre pour y trouver de la fraîcheur ; mais partout le sol était brûlant, et l'air étouffant retentissait du bourdonnement des insectes qui cherchaient à se désaltérer dans le sang des hommes et des animaux.

Dans une de ces nuits ardentes, Virginie sentit redoubler tous les symptômes de son mal. Elle se levait, elle s'asseyait, elle se recouchait, et ne trouvait dans aucune attitude ni le sommeil ni le repos. Elle s'achemine, à la clarté de la lune, vers sa fontaine ; elle en aperçoit la source qui, malgré la sécheresse, coulait encore en filets d'argent sur les flancs bruns du rocher. Elle se plonge dans son bassin. D'abord la fraîcheur ranime ses sens, et mille souvenirs agréables se présentent à son esprit. Elle se rappelle que dans son enfance sa mère et Marguerite s'amusaient à la baigner avec Paul dans ce même lieu ; que Paul ensuite, réservant ce bain pour elle seule, en avait creusé le lit, couvert le fond de sable, et semé sur ses bords des herbes aromatiques. Elle entrevoit dans l'eau, sur ses bras nus et sur son sein, les reflets des deux palmiers plantés à la naissance de son frère et à la sienne, qui entrelaçaient au-dessus de sa tête leurs rameaux verts et leurs jeunes cocos. Elle pense à l'amitié de Paul, plus douce que les parfums, plus pure que l'eau des fontaines, plus forte que les palmiers unis ; et elle soupire. Elle songe à la nuit, à la solitude, et un feu dévorant la saisit. Aussitôt elle sort, effrayée de ces dangereux ombrages et de ces eaux plus brûlantes que les soleils de la zone torride. Elle court auprès de sa mère chercher un appui contre elle-même. Plusieurs fois, voulant lui raconter ses peines, elle lui pressa les mains dans les siennes ; plusieurs fois elle fut près de prononcer le nom de Paul, mais son cœur oppressé laissa sa langue sans expression, et posant sa tête sur le sein maternel elle ne put que l'inonder de ses larmes.

Madame de la Tour pénétrait bien la cause du mal de sa fille, mais elle n'osait elle-même lui en parler. « Mon enfant, lui disait-elle, adresse-toi à Dieu, qui dispose à son gré de la santé et de la vie. Il t'éprouve aujourd'hui pour te récompenser demain. Songe que nous ne sommes sur la terre que pour exercer la vertu. »

Cependant ces chaleurs excessives élevèrent de l'océan des vapeurs qui couvrirent l'île comme un vaste parasol. Les sommets des montagnes les rassemblaient autour d'eux, et de longs sillons de feu sortaient de temps en temps de leurs pitons embrumés. Bientôt des tonnerres affreux firent retentir de leurs éclats les bois, les plaines et les vallons ; des pluies épouvantables, semblables à des cataractes, tombèrent du ciel. Des torrents écumeux se précipitaient le long des flancs de cette montagne : le fond de ce bassin était devenu une mer ; le plateau où sont assises les cabanes, une petite île ; et l'entrée de ce vallon, une écluse par où sortaient pêle-mêle avec les eaux mugissantes les terres, les arbres et les rochers.

Toute la famille tremblante priait Dieu dans la case de madame de la Tour, dont le toit craquait horriblement par l'effort des vents. Quoique la porte et les contrevents en fussent bien fermés, tous les objets s'y distinguaient à travers les jointures de la charpente, tant les éclairs étaient vifs et fréquents. L'intrépide Paul, suivi de Domingue, allait d'une case à l'autre malgré la fureur de la tempête, assurant ici une paroi avec un arc-boutant, et enfonçant là un pieu : il ne rentrait que pour consoler la famille par l'espoir prochain du retour du beau temps. En effet sur le soir la pluie cessa ; le vent alizé du sud-est reprit son cours ordinaire ; les nuages orageux furent jetés vers le nord-ouest, et le soleil couchant parut à l'horizon.

Le premier désir de Virginie fut de revoir le lieu de son repos. Paul s'approcha d'elle d'un air timide, et lui présenta son bras pour l'aider à marcher. Elle l'accepta en souriant, et ils sortirent ensemble de la case. L'air était frais et sonore. Des fumées blanches s'élevaient sur les croupes de la montagne sillonnée çà et là de l'écume des torrents qui tarissaient de tous côtés. Pour le jardin, il était tout bouleversé par d'affreux ravins ; la plupart des arbres fruitiers avaient leurs racines en haut ; de grands amas de sable couvraient les lisières des prairies, et avaient comblé le bain de Virginie. Cependant les deux cocotiers étaient debout et bien verdoyants ; mais il n'y avait plus aux environs ni gazons, ni berceaux, ni oiseaux, excepté quelques bengalis qui, sur la pointe des rochers voisins, déploraient par des chants plaintifs la perte de leurs petits.

À la vue de cette désolation, Virginie dit à Paul : « Vous aviez apporté ici des oiseaux, l'ouragan les a tués. Vous aviez planté ce jardin, il est détruit. Tout périt sur la terre ; il n'y a que le ciel qui ne change point. » Paul lui répondit : « Que ne puis-je vous donner quelque chose du ciel ! mais je ne possède rien, même sur la terre. » Virginie reprit, en rougissant : « Vous avez à vous le portrait de saint Paul. » À peine eut-elle parlé qu'il courut le chercher dans la case de sa mère. Ce portrait était une petite miniature représentant l'ermite Paul. Marguerite y avait une grande dévotion ; elle l'avait porté longtemps suspendu à son cou étant fille ; ensuite, devenue mère, elle l'avait mis à celui de son enfant. Il était même arrivé qu'étant enceinte de lui, et délaissée de tout le monde, à force de contempler l'image de ce bienheureux solitaire, son fruit en avait contracté quelque ressemblance ; ce qui l'avait décidée à lui en faire porter le nom, et à lui donner pour patron un saint qui avait passé sa vie loin des hommes, qui l'avaient abusée, puis abandonnée. Virginie, en recevant ce petit portrait des mains de Paul, lui dit d'un ton ému : « Mon frère, il ne me sera jamais enlevé tant que je vivrai, et je n'oublierai jamais que tu m'as donné la seule chose que tu possèdes au monde. » À ce ton d'amitié, à ce retour inespéré de familiarité et de tendresse, Paul voulut l'embrasser ; mais aussi légère qu'un oiseau elle lui échappa, et le laissa hors de lui, ne concevant rien à une conduite si extraordinaire.

Cependant Marguerite disait à madame de la Tour : « Pourquoi ne marions-nous pas nos enfants ? Ils ont l'un pour l'autre une passion extrême dont mon fils ne s'aperçoit pas encore. Lorsque la nature lui aura parlé, en vain nous veillons sur eux, tout est à craindre. » Madame de la Tour lui répondit : « Ils sont trop jeunes et trop pauvres. Quel chagrin pour nous si Virginie mettait au monde des enfants malheureux, qu'elle n'aurait peut-être pas la force d'élever ! Ton Noir Domingue est bien cassé ; Marie est infirme. Moi-même, chère amie, depuis quinze ans je me sens fort affaiblie. On vieillit promptement dans les pays chauds, et encore plus vite dans le chagrin. Paul est notre unique espérance. Attendons que l'âge ait formé son tempérament, et qu'il puisse nous soutenir par son travail. À présent, tu le sais, nous n'avons guère que le nécessaire de chaque jour. Mais en faisant passer Paul dans l'Inde pour un peu de temps, le commerce lui fournira de quoi acheter quelque esclave : et à son retour ici nous le marierons à Virginie ; car je crois que personne ne peut rendre ma chère fille aussi heureuse que ton fils Paul. Nous en parlerons à notre voisin. »

En effet ces dames me consultèrent, et je fus de leur avis. « Les mers de l'Inde sont belles, leur dis-je. En prenant une saison favorable pour passer d'ici aux Indes, c'est un voyage de six semaines au plus, et d'autant de temps pour en revenir. Nous ferons dans notre quartier une pacotille à Paul ; car j'ai des voisins qui l'aiment beaucoup. Quand nous ne lui donnerions que du coton brut, dont nous ne faisons aucun usage faute de moulins pour l'éplucher ; du bois d'ébène, si commun ici qu'il sert au chauffage, et quelques résines qui se perdent dans nos bois : tout cela se vend assez bien aux Indes, et nous est fort inutile ici. »

Je me chargeai de demander à M. de la Bourdonnais une permission d'embarquement pour ce voyage ; et avant tout je voulus en prévenir Paul. Mais quel fut mon étonnement lorsque ce jeune homme me dit avec un bon sens fort au-dessus de son âge : « Pourquoi voulez-vous que je quitte ma famille pour je ne sais quel projet de fortune ? Y a-t-il un commerce au monde plus avantageux que la culture d'un champ qui rend quelquefois cinquante et cent pour un ? Si nous voulons faire le commerce, ne pouvons-nous pas le faire en portant notre superflu d'ici à la ville, sans que j'aille courir aux Indes ? Nos mères me disent que Domingue est vieux et cassé ; mais moi je suis jeune, et je me renforce chaque jour. Il n'a qu'à leur arriver pendant mon absence quelque accident, surtout à Virginie qui est déjà souffrante. Oh non, non ! je ne saurais me résoudre à les quitter. »

Sa réponse me jeta dans un grand embarras ; car madame de la Tour ne m'avait pas caché l'état de Virginie, et le désir qu'elle avait de gagner quelques années sur l'âge de ces jeunes gens en les éloignant l'un de l'autre. C'étaient des motifs que je n'osais même faire soupçonner à Paul.

Sur ces entrefaites un vaisseau arrivé de France apporta à madame de la Tour une lettre de sa tante. La crainte de la mort, sans laquelle les cœurs durs ne seraient jamais sensibles, l'avait frappée. Elle sortait d'une grande maladie dégénérée en langueur, et que l'âge rendait incurable. Elle mandait à sa nièce de repasser en France ; ou, si sa santé ne lui permettait pas de faire un si long voyage, elle lui enjoignait d'y envoyer Virginie, à laquelle elle destinait une bonne éducation, un parti à la cour, et la donation de tous ses biens. Elle attachait, disait-elle, le retour de ses bontés à l'exécution de ses ordres.

À peine cette lettre fut lue dans la famille qu'elle y répandit la consternation. Domingue et Marie se mirent à pleurer. Paul, immobile d'étonnement, paraissait prêt à se mettre en colère. Virginie, les yeux fixés sur sa mère, n'osait proférer un mot. « Pourriez-vous nous quitter maintenant ? dit Marguerite à madame de la Tour. – Non, mon amie ; non, mes enfants, reprit madame de la Tour : je ne vous quitterai point. J'ai vécu avec vous, et c'est avec vous que je veux mourir. Je n'ai connu le bonheur que dans votre amitié. Si ma santé est dérangée, d'anciens chagrins en sont cause. J'ai été blessée au cœur par la dureté de mes parents et par la perte de mon cher époux. Mais depuis, j'ai goûté plus de consolation et de félicité avec vous, sous ces pauvres cabanes, que jamais les richesses de ma famille ne m'en ont fait même espérer dans ma patrie. »

À ce discours des larmes de joie coulèrent de tous les yeux. Paul, serrant madame de la Tour dans ses bras, lui dit : « Je ne vous quitterai pas non plus ; je n'irai point aux Indes. Nous travaillerons tous pour vous, chère maman ; rien ne vous manquera jamais avec nous. » Mais de toute la société la personne qui témoigna le moins de joie, et qui y fut la plus sensible, fut Virginie. Elle parut le reste du jour d'une gaieté douce, et le retour de sa tranquillité mit le comble à la satisfaction générale.

Le lendemain, au lever du soleil, comme ils venaient de faire tous ensemble, suivant leur coutume, la prière du matin qui précédait le déjeuner, Domingue les avertit qu'un monsieur à cheval, suivi de deux esclaves, s'avançait vers l'habitation. C'était M. de la Bourdonnais. Il entra dans la case où toute la famille était à table. Virginie venait de servir, suivant l'usage du pays, du café et du riz cuit à l'eau. Elle y avait joint des patates chaudes et des bananes fraîches. Il y avait pour toute vaisselle des moitiés de calebasses, et pour linge des feuilles de bananier. Le gouverneur témoigna d'abord quelque étonnement de la pauvreté de cette demeure. Ensuite, s'adressant à madame de la Tour, il lui dit que les affaires générales l'empêchaient quelquefois de songer aux particulières ; mais qu'elle avait bien des droits sur lui. « Vous avez, ajouta-t-il, madame, une tante de qualité et fort riche à Paris, qui vous réserve sa fortune, et vous attend auprès d'elle. »

Madame de la Tour répondit au gouverneur que sa santé altérée ne lui permettait pas d'entreprendre un si long voyage. « Au moins, reprit M. de la Bourdonnais, pour mademoiselle votre fille, si jeune et si aimable, vous ne sauriez sans injustice la priver d'une si grande succession. Je ne vous cache pas que votre tante a employé l'autorité pour la faire venir auprès d'elle. Les bureaux m'ont écrit à ce sujet d'user, s'il le fallait, de mon pouvoir ; mais ne l'exerçant que pour rendre heureux les habitants de cette colonie, j'attends de votre volonté seule un sacrifice de quelques années, d'où dépend l'établissement de votre fille, et le bien-être de toute votre vie. Pourquoi vient-on aux îles ? N'est-ce pas pour y faire fortune ? N'est-il pas bien plus agréable de l'aller retrouver dans sa patrie ? »

En disant ces mots, il posa sur la table un gros sac de piastres que portait un de ses Noirs. « Voilà, ajouta-t-il, ce qui est destiné aux préparatifs de voyage de mademoiselle votre fille, de la part de votre tante. » Ensuite il finit par reprocher avec bonté à madame de la Tour de ne s'être pas adressée à lui dans ses besoins, en la louant cependant de son noble courage. Paul aussitôt prit la parole, et dit au gouverneur : « Monsieur, ma mère s'est adressée à vous, et vous l'avez mal reçue. – Avez-vous un autre enfant, madame ? dit M. de la Bourdonnais à madame de la Tour. – Non, monsieur, reprit-elle, celui-ci est le fils de mon amie ; mais lui et Virginie nous sont communs, et également chers. – Jeune homme, dit le gouverneur à Paul, quand vous aurez acquis l'expérience du monde, vous connaîtrez le malheur des gens en place ; vous saurez combien il est facile de les prévenir, combien aisément ils donnent au vice intrigant ce qui appartient au mérite qui se cache. »

M. de la Bourdonnais, invité par madame de la Tour, s'assit à table auprès d'elle. Il déjeuna, à la manière des Créoles, avec du café mêlé avec du riz cuit à l'eau. Il fut charmé de l'ordre et de la propreté de la petite case, de l'union de ces deux familles charmantes, et du zèle même de leurs vieux domestiques. « Il n'y a, dit-il, ici que des meubles de bois ; mais on y trouve des visages sereins et des cœurs d'or. »

Paul, charmé de la popularité du gouverneur, lui dit : « Je désire être votre ami, car vous êtes un honnête homme. » M. de la Bourdonnais reçut avec plaisir cette marque de cordialité insulaire. Il embrassa Paul en lui serrant la main, et l'assura qu'il pouvait compter sur son amitié.

Après déjeuner, il prit madame de la Tour en particulier, et lui dit qu'il se présentait une occasion prochaine d'envoyer sa fille en France, sur un vaisseau prêt à partir ; qu'il la recommanderait à une dame de ses parentes qui y était passagère ; qu'il fallait bien se garder d'abandonner une fortune immense pour une satisfaction de quelques années. « Votre tante, ajouta-t-il en s'en allant, ne peut pas traîner plus de deux ans : ses amis me l'ont mandé. Songez-y bien. La fortune ne vient pas tous les jours. Consultez-vous. Tous les gens de bon sens seront de mon avis. » Elle lui répondit « que, ne désirant désormais d'autre bonheur dans le monde que celui de sa fille, elle laisserait son départ pour la France entièrement à sa disposition ».

Madame de la Tour n'était pas fâchée de trouver une occasion de séparer pour quelque temps Virginie et Paul, en procurant un jour leur bonheur mutuel. Elle prit donc sa fille à part, et lui dit : « Mon enfant, nos domestiques sont vieux ; Paul est bien jeune, Marguerite vient sur l'âge ; je suis déjà infirme : si j'allais mourir, que deviendriez-vous sans fortune au milieu de ces déserts ? Vous resteriez donc seule, n'ayant personne qui puisse vous être d'un grand secours, et obligée, pour vivre, de travailler sans cesse à la terre comme une mercenaire. Cette idée me pénètre de douleur. » Virginie lui répondit : « Dieu nous a condamnés au travail. Vous m'avez appris à travailler, et à le bénir chaque jour. Jusqu'à présent il ne nous a pas abandonnés, il ne nous abandonnera point encore. Sa providence veille particulièrement sur les malheureux. Vous me l'avez dit tant de fois, ma mère ! Je ne saurais me résoudre à vous quitter. » Madame de la Tour, émue, reprit : « Je n'ai d'autre projet que de te rendre heureuse et de te marier un jour avec Paul, qui n'est point ton frère. Songe maintenant que sa fortune dépend de toi. »

Une jeune fille qui aime croit que tout le monde l'ignore. Elle met sur ses yeux le voile qu'elle a sur son cœur ; mais quand il est soulevé par une main amie, alors les peines secrètes de son amour s'échappent comme par une barrière ouverte, et les doux épanchements de la confiance succèdent aux réserves et aux mystères dont elle s'environnait. Virginie, sensible aux nouveaux témoignages de bonté de sa mère, lui raconta quels avaient été ses combats, qui n'avaient eu d'autres témoins que Dieu seul ; qu'elle voyait le secours de sa providence dans celui d'une mère tendre qui approuvait son inclination, et qui la dirigerait par ses conseils ; que maintenant, appuyée de son support, tout l'engageait à rester auprès d'elle, sans inquiétude pour le présent, et sans crainte pour l'avenir.

Madame de la Tour voyant que sa confidence avait produit un effet contraire à celui qu'elle en attendait, lui dit : « Mon enfant, je ne veux point te contraindre ; délibère à ton aise ; mais cache ton amour à Paul. Quand le cœur d'une fille est pris, son amant n'a plus rien à lui demander. »

Vers le soir, comme elle était seule avec Virginie, il entra chez elle un grand homme vêtu d'une soutane bleue. C'était un ecclésiastique missionnaire de l'île, et confesseur de madame de la Tour et de Virginie. Il était envoyé par le gouverneur. « Mes enfants, dit-il en entrant, Dieu soit loué ! Vous voilà riches. Vous pourrez écouter votre bon cœur, faire du bien aux pauvres. Je sais ce que vous a dit M. de la Bourdonnais, et ce que vous lui avez répondu. Bonne maman, votre santé vous oblige de rester ici ;

mais vous, jeune demoiselle, vous n'avez point d'excuse. Il faut obéir à la Providence, à nos vieux parents, même injustes. C'est un sacrifice, mais c'est l'ordre de Dieu. Il s'est dévoué pour nous ; il faut, à son exemple, se dévouer pour le bien de sa famille. Votre voyage en France aura une fin heureuse. Ne voulez-vous pas bien y aller, ma chère demoiselle ? »

Virginie, les yeux baissés, lui répondit en tremblant :

« Si c'est l'ordre de Dieu, je ne m'oppose à rien. Que la volonté de Dieu soit faite ! » dit-elle en pleurant.

Le missionnaire sortit, et fut rendre compte au gouverneur du succès de sa commission. Cependant madame de la Tour m'envoya prier par Domingue de passer chez elle pour me consulter sur le départ de Virginie. Je ne fus point du tout d'avis qu'on la laissât partir. Je tiens pour principes certains du bonheur qu'il faut préférer les avantages de la nature à tous ceux de la fortune, et que nous ne devons point aller chercher hors de nous ce que nous pouvons trouver chez nous. J'étends ces maximes à tout, sans exception. Mais que pouvaient mes conseils de modération contre les illusions d'une grande fortune, et mes raisons naturelles contre les préjugés du monde et une autorité sacrée pour madame de la Tour ? Cette dame ne me consulta donc que par bienséance, et elle ne délibéra plus depuis la décision de son confesseur. Marguerite même, qui, malgré les avantages qu'elle espérait pour son fils de la fortune de Virginie, s'était opposée fortement à son départ, ne fit plus d'objections. Pour Paul, qui ignorait le parti auquel on se déterminait, étonné des conversations secrètes de madame de la Tour et de sa fille, il s'abandonnait à une tristesse sombre. « On trame quelque chose contre moi, dit-il, puisqu'on se cache de moi. »

Cependant le bruit s'étant répandu dans l'île que la fortune avait visité ces rochers, on y vit grimper des marchands de toute espèce. Ils déployèrent, au milieu de ces pauvres cabanes, les plus riches étoffes de l'Inde ; de superbes basins de Goudelour, des mouchoirs de Paliacate et de Mazulipatan, des mousselines de Daca, unies, rayées, brodées, transparentes comme le jour, des baftas de Surate d'un si beau blanc, des chittes de toutes couleurs et des plus rares, à fond sablé et à rameaux verts. Ils déroulèrent de magnifiques étoffes de soie de la Chine, des lampas découpés à jour, des damas d'un blanc satiné, d'autres d'un vert de prairie, d'autres d'un rouge à éblouir ; des taffetas roses, des satins à pleine main, des pékins moelleux comme le drap, des nankins blancs et jaunes, et jusqu'à des pagnes de Madagascar.

Madame de la Tour voulut que sa fille achetât tout ce qui lui ferait plaisir ; elle veilla seulement sur le prix et les qualités des marchandises, de peur que les marchands ne la trompassent. Virginie choisit tout ce qu'elle crut être agréable à sa mère, à Marguerite et à son fils. « Ceci, disait-elle, était bon pour des meubles, cela pour l'usage de Marie et de Domingue. » Enfin le sac de piastres était employé qu'elle n'avait pas encore songé à ses besoins. Il fallut lui faire son partage sur les présents qu'elle avait distribués à la société.

Paul, pénétré de douleur à la vue de ces dons de la fortune, qui lui présageaient le départ de Virginie, s'en vint quelques jours après chez moi. Il me dit d'un air accablé : « Ma sœur s'en va : elle fait déjà les apprêts de son voyage. Passez chez nous, je vous prie. Employez votre crédit sur l'esprit de sa mère et de la mienne pour la retenir. » Je me rendis aux instances de Paul, quoique bien persuadé que mes représentations seraient sans effet.

Si Virginie m'avait paru charmante en toile bleue du Bengale, avec un mouchoir rouge autour de sa tête, ce fut encore tout autre chose quand je la vis parée à la manière des dames de ce pays. Elle était vêtue de mousseline blanche doublée de taffetas rose. Sa taille légère et élevée se dessinait parfaitement sous son corset, et ses cheveux blonds, tressés à double tresse, accompagnaient admirablement sa tête virginale. Ses beaux yeux bleus étaient remplis de mélancolie ; et son cœur agité par une passion combattue donnait à son teint une couleur animée, et à sa voix des sons pleins d'émotion. Le contraste même de sa parure élégante, qu'elle semblait porter malgré elle, rendait sa langueur encore plus touchante. Personne ne pouvait la voir ni l'entendre sans se sentir ému. La tristesse de Paul en augmenta. Marguerite, affligée de la situation de son fils, lui dit en particulier : « Pourquoi, mon fils, te nourrir de fausses espérances, qui rendent les privations encore plus amères ? Il est temps que je te découvre le secret de ta vie et de la mienne. Mademoiselle de la Tour appartient, par sa mère, à une parente riche et de grande condition : pour toi, tu n'es que le fils d'une pauvre paysanne, et, qui pis est, tu es bâtard. »

Ce mot de bâtard étonna beaucoup Paul ; il ne l'avait jamais ouï prononcer ; il en demanda la signification à sa mère, qui lui répondit : « Tu n'as point eu de père légitime. Lorsque j'étais fille, l'amour me fit commettre une faiblesse dont tu as été le fruit. Ma faute t'a privé de ta famille paternelle, et mon repentir, de ta famille maternelle. Infortuné, tu n'as d'autres parents que moi seule dans le monde ! » et elle se mit à répandre des larmes. Paul, la serrant dans ses bras, lui dit : « Oh, ma mère ! puisque je n'ai d'autres parents que vous dans le monde, je vous en aimerai davantage. Mais quel secret venez-vous de me révéler ! Je vois maintenant la raison qui éloigne de moi mademoiselle de la Tour depuis deux mois, et qui la décide aujourd'hui à partir. Ah ! sans doute, elle me méprise ! »

Cependant, l'heure de souper étant venue, on se mit à table, où chacun des convives, agité de passions différentes, mangea peu et ne parla point. Virginie en sortit la première, et fut s'asseoir au lieu où nous sommes. Paul la suivit bientôt après, et vint se mettre auprès d'elle. L'un et l'autre gardèrent quelque temps un profond silence. Il faisait une de ces nuits délicieuses, si communes entre les tropiques, et dont le plus habile pinceau ne rendrait pas la beauté. La lune paraissait au milieu du firmament, entourée d'un rideau de nuages que ses rayons dissipaient par degrés. Sa lumière se répandait insensiblement sur les montagnes de l'île et sur leurs pitons, qui brillaient d'un vert argenté. Les vents retenaient leurs haleines. On entendait dans les bois, au fond des vallées, au haut des rochers, de petits cris, de doux murmures d'oiseaux, qui se caressaient dans leurs nids, réjouis par la clarté de la nuit et la tranquillité de l'air. Tous, jusqu'aux insectes, bruissaient sous l'herbe. Les étoiles étincelaient au ciel, et se réfléchissaient au sein de la mer qui répétait leurs images tremblantes. Virginie parcourait avec des regards distraits son vaste et sombre horizon, distingué du rivage de l'île par les feux rouges des pêcheurs. Elle aperçut à l'entrée du port une lumière et une ombre : c'était le fanal et le corps du vaisseau où elle devait s'embarquer pour l'Europe, et qui, prêt à mettre à la voile, attendait à l'ancre la fin du calme. À cette vue elle se troubla, et détourna la tête pour que Paul ne la vît pas pleurer.

Madame de la Tour, Marguerite et moi, nous étions assis à quelques pas de là sous des bananiers ; et dans le silence de la nuit nous entendîmes distinctement leur conversation, que je n'ai pas oubliée.

Paul lui dit : « Mademoiselle, vous partez, dit-on, dans trois jours. Vous ne craignez pas de vous exposer aux dangers de la mer… de la mer dont vous êtes si effrayée ! – Il faut, répondit Virginie, que j'obéisse à mes parents, à mon devoir. – Vous nous quittez, reprit Paul, pour une parente éloignée que vous n'avez jamais vue ! – Hélas ! dit Virginie, je voulais rester ici toute ma vie ; ma mère ne l'a pas voulu. Mon confesseur m'a dit que la volonté de Dieu était que je partisse ; que la vie était une épreuve… Oh ! c'est une épreuve bien dure ! »

« Quoi, repartit Paul, tant de raisons vous ont décidée, et aucune ne vous a retenue ! Ah ! il en est encore que vous ne me dites pas. La richesse a de grands attraits. Vous trouverez bientôt, dans un nouveau monde, à qui donner le nom de frère, que vous ne me donnez plus. Vous le choisirez, ce frère, parmi des gens dignes de vous par une naissance et une fortune que je ne peux vous offrir. Mais, pour être plus heureuse, où voulez-vous aller ? Dans quelle terre aborderez-vous qui vous soit plus chère que celle où vous êtes née ? Où formerez-vous une société plus aimable que celle qui vous aime ? Comment vivrez-vous sans les caresses de votre mère, auxquelles vous êtes si accoutumée ? Que deviendra-t-elle elle-même, déjà sur l'âge, lorsqu'elle ne vous verra plus à ses côtés, à la table, dans la maison, à la promenade où elle s'appuyait sur vous ? Que deviendra la mienne, qui vous chérit autant qu'elle ? Que leur dirai-je à l'une et à l'autre quand je les verrai pleurer de votre absence ? Cruelle ! je ne vous parle point de moi : mais que deviendrai-je moi-même quand le matin je ne vous verrai plus avec nous, et que la nuit viendra sans nous réunir ; quand j'apercevrai ces deux palmiers plantés à notre naissance, et si longtemps témoins de notre amitié mutuelle ? Ah ! puisqu'un nouveau sort te touche, que tu cherches d'autres pays que ton pays natal, d'autres biens que ceux de mes travaux, laisse-moi t'accompagner sur le vaisseau où tu pars. Je te rassurerai dans les tempêtes, qui te donnent tant d'effroi sur la terre. Je reposerai ta tête sur mon sein, je réchaufferai ton cœur contre mon cœur ; et en France, où tu vas chercher de la fortune et de la grandeur, je te servirai comme ton esclave. Heureux de ton seul bonheur, dans ces hôtels où je te verrai servie et adorée, je serai encore assez riche et assez noble pour te faire le plus grand des sacrifices, en mourant à tes pieds. »

Les sanglots étouffèrent sa voix, et nous entendîmes aussitôt celle de Virginie qui lui disait ces mots entrecoupés de soupirs… « C'est pour toi que je pars,… pour toi que j'ai vu chaque jour courbé par le travail pour nourrir deux familles infirmes. Si je me suis prêtée à l'occasion de devenir riche, c'est pour te rendre mille fois le bien que tu nous as fait. Est-il une fortune digne de ton amitié ? Que me dis-tu de ta naissance ? Ah ! s'il m'était encore possible de me donner un frère, en choisirais-je un autre que toi ? Ô Paul ! Ô Paul ! tu m'es beaucoup plus cher qu'un frère ! Combien m'en a-t-il coûté pour te repousser loin de moi ! je voulais que tu m'aidasses à me séparer de moi-même jusqu'à ce que le ciel pût bénir notre union. Maintenant je reste, je pars, je vis, je meurs ; fais de moi ce que tu veux. Fille sans vertu ! j'ai pu résister à tes caresses, et je ne peux soutenir ta douleur ! »

À ces mots Paul la saisit dans ses bras, et la tenant étroitement serrée, il s'écria d'une voix terrible : « Je pars avec elle ; rien ne pourra m'en détacher. » Nous courûmes tous à lui. Madame de la Tour lui dit : « Mon fils, si vous nous quittez qu'allons-nous devenir ? »

Il répéta en tremblant ces mots : « Mon fils… mon fils… Vous ma mère, lui dit-il, vous qui séparez le frère d'avec la sœur ! Tous deux nous avons sucé votre lait ; tous deux, élevés sur vos genoux, nous avons appris de vous à nous aimer ; tous deux, nous nous le sommes dit mille fois. Et maintenant vous l'éloignez de moi ! Vous l'envoyez en Europe, dans ce pays barbare qui vous a refusé un asile, et chez des parents cruels qui vous ont vous-même abandonnée. Vous me direz : Vous n'avez plus de droits sur elle, elle n'est pas votre sœur. Elle est tout pour moi, ma richesse, ma famille, ma naissance, tout mon bien. Je n'en connais plus d'autre. Nous n'avons eu qu'un toit, qu'un berceau ; nous n'aurons qu'un tombeau. Si elle part, il faut que je la suive. Le gouverneur m'en empêchera ? M'empêchera-t-il de me jeter à la mer ? je la suivrai à la nage. La mer ne saurait m'être plus funeste que la terre. Ne pouvant vivre ici près d'elle, au moins je mourrai sous ses yeux, loin de vous. Mère barbare ! femme sans pitié ! puisse cet océan où vous l'exposez ne jamais vous la rendre ! puissent ses flots vous rapporter mon corps, et, le roulant avec le sien parmi les cailloux de ces rivages, vous donner, par la perte de vos deux enfants, un sujet éternel de douleur ! »

À ces mots je le saisis dans mes bras ; car le désespoir lui ôtait la raison. Ses yeux étincelaient ; la sueur coulait à grosses gouttes sur son visage en feu ; ses genoux tremblaient, et je sentais dans sa poitrine brûlante son cœur battre à coups redoublés.

Virginie effrayée lui dit : « Ô mon ami ! j'atteste les plaisirs de notre premier âge, tes maux, les miens, et tout ce qui doit lier à jamais deux infortunés, si je reste, de ne vivre que pour toi ; si je pars, de revenir un jour pour être à toi. Je vous prends à témoin, vous tous qui avez élevé mon enfance, qui disposez de ma vie et qui voyez mes larmes. Je le jure par ce ciel qui m'entend, par cette mer que je dois traverser, par l'air que je respire, et que je n'ai jamais souillé du mensonge. »

Comme le soleil fond et précipite un rocher de glace du sommet des Apennins, ainsi tomba la colère impétueuse de ce jeune homme à la voix de l'objet aimé. Sa tête altière était baissée, et un torrent de pleurs coulait de ses yeux. Sa mère, mêlant ses larmes aux siennes, le tenait embrassé sans pouvoir parler. Madame de la Tour, hors d'elle, me dit : « Je n'y puis tenir ; mon âme est déchirée. Ce malheureux voyage n'aura pas lieu. Mon voisin, tâchez d'emmener mon fils. Il y a huit jours que personne ici n'a dormi. »

Je dis à Paul : « Mon ami, votre sœur restera. Demain nous en parlerons au gouverneur : laissez reposer votre famille, et venez passer cette nuit chez moi. Il est tard, il est minuit ; la Croix du Sud est droite sur l'horizon. »

Il se laissa emmener sans rien dire, et après une nuit fort agitée, il se leva au point du jour, et s'en retourna à son habitation.

Mais qu'est-il besoin de vous continuer plus longtemps le récit de cette histoire ? Il n'y a jamais qu'un côté agréable à connaître dans la vie humaine. Semblable au globe sur lequel nous tournons, notre révolution rapide n'est que d'un jour, et une partie de ce jour ne peut recevoir la lumière que l'autre ne soit livrée aux ténèbres.

« Mon père, lui dis-je, je vous en conjure, achevez de me raconter ce que vous avez commencé d'une manière si touchante. Les images du bonheur nous plaisent, mais celles du malheur nous instruisent. Que devint, je vous prie, l'infortuné Paul ? »

Le premier objet que vit Paul, en retournant à l'habitation, fut la négresse Marie, qui, montée sur un rocher, regardait vers la pleine mer. Il lui cria du plus loin qu'il l'aperçut : « Où est Virginie ? » Marie tourna la tête vers son jeune maître, et se mit à pleurer. Paul, hors de lui, revint sur ses pas, et courut au port. Il y apprit que Virginie s'était embarquée au point du jour, que son vaisseau avait mis à la voile aussitôt, et qu'on ne le voyait plus. Il revint à l'habitation, qu'il traversa sans parler à personne.

Quoique cette enceinte de rochers paraisse derrière nous presque perpendiculaire, ces plateaux verts qui en divisent la hauteur sont autant d'étages par lesquels on parvient, au moyen de quelques sentiers difficiles, jusqu'au pied de ce cône de rochers incliné et inaccessible, qu'on appelle le Pouce. À la base de ce rocher est une esplanade couverte de grands arbres, mais si élevée et si escarpée qu'elle est comme une grande forêt dans l'air, environnée de précipices effroyables. Les nuages que le sommet du Pouce attire sans cesse autour de lui y entretiennent plusieurs ruisseaux, qui tombent à une si grande profondeur au fond de la vallée, située au revers de cette montagne, que de cette hauteur on n'entend point le bruit de leur chute. De ce lieu on voit une grande partie de l'île avec ses mornes surmontés de leurs pitons, entre autres Piterboth et les Trois-Mamelles avec leurs vallons remplis de forêts ; puis la pleine mer, et l'île Bourbon, qui est à quarante lieues de là vers l'Occident. Ce fut de cette élévation que Paul aperçut le vaisseau qui emmenait Virginie. Il le vit à plus de dix lieues au large comme un point noir au milieu de l'océan. Il resta une partie du jour tout occupé à le considérer : il était déjà disparu qu'il croyait le voir encore ; et quand il fut perdu dans la vapeur de l'horizon, il s'assit dans ce lieu sauvage, toujours battu des vents, qui y agitent sans cesse les sommets des palmistes et des tatamaques. Leur murmure sourd et mugissant ressemble au bruit lointain des orgues, et inspire une profonde mélancolie. Ce fut là que je trouvai Paul, la tête appuyée contre le rocher, et les yeux fixés vers la terre. Je marchais après lui depuis le lever du soleil : j'eus beaucoup de peine à le déterminer à descendre, et à revoir sa famille. Je le ramenai cependant à son habitation ; et son premier mouvement, en revoyant madame de la Tour, fut de se plaindre amèrement qu'elle l'avait trompé. Madame de la Tour nous dit que le vent s'étant levé vers les trois heures du matin, le vaisseau étant au moment d'appareiller, le gouverneur, suivi d'une partie de son état-major et du missionnaire, était venu chercher Virginie en palanquin ; et que, malgré ses propres raisons, ses larmes, et celles de Marguerite, tout le monde criant que c'était pour leur bien à tous, ils avaient emmené sa fille à demi mourante. « Au moins, répondit Paul, si je lui avais fait mes adieux, je serais tranquille à présent. Je lui aurais dit : Virginie, si pendant le temps que nous avons vécu ensemble, il m'est échappé quelque parole qui vous ait offensée, avant de me quitter pour jamais, dites-moi que vous me la pardonnez. Je lui aurais dit : Puisque je ne suis plus destiné à vous revoir, adieu, ma chère Virginie ! adieu ! Vivez loin de moi contente et heureuse ! » Et comme il vit que sa mère et madame de la Tour pleuraient : « Cherchez maintenant, leur dit-il, quelque autre que moi qui essuie vos larmes ! » puis il s'éloigna d'elles en gémissant, et se mit à errer çà et là dans l'habitation. Il en parcourait tous les endroits qui avaient été les plus chers à Virginie. Il disait à ses chèvres et à leurs petits chevreaux, qui le suivaient en bêlant : « Que me demandez-vous ? Vous ne reverrez plus avec moi celle qui vous donnait à manger dans sa main. » Il fut au Repos de Virginie, et à la vue des oiseaux qui voltigeaient autour, il s'écria : « Pauvres oiseaux ! Vous n'irez plus au-devant de celle qui était votre bonne nourrice. » En voyant Fidèle qui flairait çà et là et marchait devant lui en quêtant, il soupira, et lui dit : « Oh ! tu ne la retrouveras plus jamais. » Enfin il fut s'asseoir sur le rocher où il lui avait parlé la veille, et à l'aspect de la mer où il avait vu disparaître le vaisseau qui l'avait emmenée, il pleura abondamment.

Cependant nous le suivions pas à pas, craignant quelque suite funeste de l'agitation de son esprit. Sa mère et madame de la Tour le priaient par les termes les plus tendres de ne pas augmenter leur douleur par son désespoir. Enfin celle-ci parvint à le calmer en lui prodiguant les noms les plus propres à réveiller ses espérances. Elle l'appelait son fils, son cher fils, son gendre, celui à qui elle destinait sa fille. Elle l'engagea à rentrer dans la maison, et à y prendre quelque peu de nourriture. Il se mit à table avec nous auprès de la place où se mettait la compagne de son enfance ; et, comme si elle l'eût encore occupée, il lui adressait la parole et lui présentait les mets qu'il savait lui être les plus agréables ; mais dès qu'il s'apercevait de son erreur il se mettait à pleurer. Les jours suivants il recueillit tout ce qui avait été à son usage particulier, les derniers bouquets qu'elle avait portés, une tasse de coco où elle avait coutume de boire ; et comme si ces restes de son amie eussent été les choses du monde les plus précieuses, il les baisait et les mettait dans son sein. L'ambre ne répand pas un parfum aussi doux que les objets touchés par l'objet que l'on aime. Enfin, voyant que ses regrets augmentaient ceux de sa mère et de madame de la Tour, et que les besoins de la famille demandaient un travail continuel, il se mit, avec l'aide de Domingue, à réparer le jardin.

Bientôt ce jeune homme, indifférent comme un Créole pour tout ce qui se passe dans le monde, me pria de lui apprendre à lire et à écrire, afin qu'il pût entretenir une correspondance avec Virginie. Il voulut ensuite s'instruire dans la géographie pour se faire une idée du pays où elle débarquerait ; et dans l'histoire, pour connaître les mœurs de la société où elle allait vivre. Ainsi il s'était perfectionné dans l'agriculture, et dans l'art de disposer avec agrément le terrain le plus irrégulier, par le sentiment de l'amour. Sans doute c'est aux jouissances que se propose cette passion ardente et inquiète que les hommes doivent la plupart des sciences et des arts, et c'est de ses privations qu'est née la philosophie, qui apprend à se consoler de tout. Ainsi la nature ayant fait l'amour le lien de tous les êtres, l'a rendu le premier mobile de nos sociétés, et l'instigateur de nos lumières et de nos plaisirs.

Paul ne trouva pas beaucoup de goût dans l'étude de la géographie, qui, au lieu de nous décrire la nature de chaque pays, ne nous en présente que les divisions politiques. L'histoire, et surtout l'histoire moderne, ne l'intéressa guère davantage. Il n'y voyait que des malheurs généraux et périodiques, dont il n'apercevait pas les causes ; des guerres sans sujet et sans objet ; des intrigues obscures ; des nations sans caractère et des princes sans humanité. Il préférait à cette lecture celle des romans, qui, s'occupant davantage des sentiments et des intérêts des hommes, lui offraient quelquefois des situations pareilles à la sienne. Aussi aucun livre ne lui fit autant de plaisir que le Télémaque, par ses tableaux de la vie champêtre et des passions naturelles au cœur humain. Il en lisait à sa mère et à madame de la Tour les endroits qui l'affectaient davantage : alors ému par de touchants ressouvenirs, sa voix s'étouffait, et les larmes coulaient de ses yeux. Il lui semblait trouver dans Virginie la dignité et la sagesse d'Antiope, avec les malheurs et la tendresse d'Eucharis. D'un autre côté il fut tout bouleversé par la lecture de nos romans à la mode, pleins de mœurs et de maximes licencieuses ; et quand il sut que ces romans renfermaient une peinture véritable des sociétés de l'Europe, il craignit, non sans quelque apparence de raison, que Virginie ne vint à s'y corrompre et à l'oublier.

En effet plus d'un an et demi s'était écoulé sans que madame de la Tour eût des nouvelles de sa tante et de sa fille : seulement elle avait appris, par une voie étrangère, que celle-ci était arrivée heureusement en France. Enfin elle reçut, par un vaisseau qui allait aux Indes, un paquet, et une lettre écrite de la propre main de Virginie. Malgré la circonspection de son aimable et indulgente fille, elle jugea qu'elle était fort malheureuse. Cette lettre peignait si bien sa situation et son caractère, que je l'ai retenue presque mot pour mot.

« Très chère et bien-aimée maman,

Je vous ai déjà écrit plusieurs lettres de mon écriture ; et comme je n'en ai pas eu de réponse, j'ai lieu de craindre qu'elles ne vous soient point parvenues. J'espère mieux de celle-ci, par les précautions que j'ai prises pour vous donner de mes nouvelles, et pour recevoir des vôtres.

J'ai versé bien des larmes depuis notre séparation, moi qui n'avais presque jamais pleuré que sur les maux d'autrui ! Ma grand-tante fut bien surprise à mon arrivée, lorsque m'ayant questionnée sur mes talents, je lui dis que je ne savais ni lire ni écrire. Elle me demanda qu'est-ce que j'avais donc appris depuis que j'étais au monde ; et quand je lui eus répondu que c'était à avoir soin d'un ménage et à faire votre volonté, elle me dit que j'avais reçu l'éducation d'une servante. Elle me mit, dès le lendemain, en pension dans une grande abbaye auprès de Paris, où j'ai des maîtres de toute espèce ; ils m'enseignent, entre autres choses, l'histoire, la géographie, la grammaire, la mathématique, et à monter à cheval ; mais j'ai de si faibles dispositions pour toutes ces sciences, que je ne profiterai pas beaucoup avec ces messieurs. Je sens que je suis une pauvre créature qui ai peu d'esprit, comme ils le font entendre. Cependant les bontés de ma tante ne se refroidissent point. Elle me donne des robes nouvelles à chaque saison. Elle a mis près de moi deux femmes de chambre, qui sont aussi bien parées que de grandes dames. Elle m'a fait prendre le titre de comtesse ; mais elle m'a fait quitter mon nom de La Tour, qui m'était aussi cher qu'à vous-même, par tout ce que vous m'avez raconté des peines que mon père avait souffertes pour vous épouser. Elle a remplacé votre nom de femme par celui de votre famille, qui m'est encore cher cependant, parce qu'il a été votre nom de fille. Me voyant dans une situation aussi brillante, je l'ai suppliée de vous envoyer quelques secours. Comment vous rendre sa réponse ? Mais vous m'avez recommandé de vous dire toujours la vérité. Elle m'a donc répondu que peu ne vous servirait à rien, et que, dans la vie simple que vous menez, beaucoup vous embarrasserait. J'ai cherché d'abord à vous donner de mes nouvelles par une main étrangère, au défaut de la mienne. Mais n'ayant à mon arrivée ici personne en qui je pusse prendre confiance, je me suis appliquée nuit et jour à apprendre à lire et à écrire : Dieu m'a fait la grâce d'en venir à bout en peu de temps. J'ai chargé de l'envoi de mes premières lettres les dames qui sont autour de moi ; j'ai lieu de croire qu'elles les ont remises à ma grand-tante. Cette fois, j'ai eu recours à une pensionnaire de mes amies : c'est sous son adresse ci-jointe que je vous prie de me faire passer vos réponses. Ma grand-tante m'a interdit toute correspondance au dehors, qui pourrait, selon elle, mettre obstacle aux grandes vues qu'elle a sur moi. Il n'y a qu'elle qui puisse me voir à la grille, ainsi qu'un vieux seigneur de ses amis, qui a, dit-elle, beaucoup de goût pour ma personne. Pour dire la vérité, je n'en ai point du tout pour lui, quand même j'en pourrais prendre pour quelqu'un.

Je vis au milieu de l'éclat de la fortune, et je ne peux disposer d'un sou. On dit que si j'avais de l'argent cela tirerait à conséquence. Mes robes mêmes appartiennent à mes femmes de chambre, qui se les disputent avant que je les aie quittées. Au sein des richesses je suis bien plus pauvre que je ne l'étais auprès de vous ; car je n'ai rien à donner. Lorsque j'ai vu que les grands talents que l'on m'enseignait ne me procuraient pas la facilité de faire le plus petit bien, j'ai eu recours à mon aiguille, dont heureusement vous m'avez appris à faire usage. Je vous envoie donc plusieurs paires de bas de ma façon, pour vous et maman Marguerite, un bonnet pour Domingue, et un de mes mouchoirs rouges pour Marie. Je joins à ce paquet des pépins et des noyaux des fruits de mes collations, avec des graines de toutes sortes d'arbres que j'ai recueillies, à mes heures de récréation, dans le parc de l'abbaye. J'y ai ajouté aussi des semences de violettes, de marguerites, de bassinets, de coquelicots, de bluets, de scabieuses, que j'ai ramassées dans les champs. Il y a dans les prairies de ce pays de plus belles fleurs que dans les nôtres ; mais personne ne s'en soucie. Je suis sûre que vous et maman Marguerite serez plus contentes de ce sac de graines que du sac de piastres qui a été la cause de notre séparation et de mes larmes. Ce sera une grande joie pour moi si vous avez un jour la satisfaction de voir des pommiers croître auprès de nos bananiers, et des hêtres mêler leurs feuillages à celui de nos cocotiers. Vous vous croirez dans la Normandie, que vous aimez tant.

Vous m'avez enjoint de vous mander mes joies et mes peines. Je n'ai plus de joies loin de vous : pour mes peines, je les adoucis en pensant que je suis dans un poste où vous m'avez mise par la volonté de Dieu. Mais le plus grand chagrin que j'y éprouve est que personne ne me parle ici de vous, et que je n'en puis parler à personne. Mes femmes de chambre, ou plutôt celles de ma grand-tante, car elles sont plus à elle qu'à moi, me disent, lorsque je cherche à amener la conversation sur des objets qui me sont si chers : Mademoiselle, souvenez-vous que vous êtes Française, et que vous devez oublier le pays des sauvages. Ah ! je m'oublierais plutôt moi-même que d'oublier le lieu où je suis née, et où vous vivez ! C'est ce pays-ci qui est pour moi un pays de sauvages ; car j'y vis seule, n'ayant personne à qui je puisse faire part de l'amour que vous portera jusqu'au tombeau,

Très chère et bien-aimée maman,

> Votre obéissante et tendre fille,
> « Virginie de la Tour. »

« Je recommande à vos bontés Marie et Domingue, qui ont pris tant de soin de mon enfance ; caressez pour moi Fidèle, qui m'a retrouvée dans les bois. »

Paul fut bien étonné de ce que Virginie ne parlait pas du tout de lui, elle qui n'avait pas oublié, dans ses ressouvenirs, le chien de la maison : mais il ne savait pas que, quelque longue que soit la lettre d'une femme, elle n'y met jamais sa pensée la plus chère qu'à la fin.

Dans un post-scriptum Virginie recommandait particulièrement à Paul deux espèces de graines : celles de violettes et de scabieuses. Elle lui donnait quelques instructions sur les caractères de ces plantes, et sur les lieux les plus propres à les semer. « La violette, lui mandait-elle, produit une petite fleur d'un violet foncé, qui aime à se cacher sous les buissons ; mais son charmant parfum l'y fait bientôt découvrir. » Elle lui enjoignait de la semer sur le bord de la fontaine, au pied de son cocotier. « La scabieuse, ajoutait-elle, donne une jolie fleur d'un bleu mourant, et à fond noir piqueté de blanc.

On la croirait en deuil. On l'appelle aussi, pour cette raison, fleur de veuve. Elle se plaît dans les lieux âpres et battus des vents. » Elle le priait de la semer sur le rocher où elle lui avait parlé la nuit, la dernière fois, et de donner à ce rocher, pour l'amour d'elle, le nom du Rocher des adieux.

Elle avait renfermé ces semences dans une petite bourse dont le tissu était fort simple, mais qui parut sans prix à Paul lorsqu'il y aperçut un P et un V entrelacés et formés de cheveux, qu'il reconnut à leur beauté pour être ceux de Virginie.

La lettre de cette sensible et vertueuse demoiselle fit verser des larmes à toute la famille. Sa mère lui répondit, au nom de la société, de rester ou de revenir à son gré, l'assurant qu'ils avaient tous perdu la meilleure partie de leur bonheur depuis son départ, et que pour elle en particulier elle en était inconsolable.

Paul lui écrivit une lettre fort longue où il l'assurait qu'il allait rendre le jardin digne d'elle, et y mêler les plantes de l'Europe à celles de l'Afrique, ainsi qu'elle avait entrelacé leurs noms dans son ouvrage. Il lui envoyait des fruits des cocotiers de sa fontaine, parvenus à une maturité parfaite. Il n'y joignait, ajoutait-il, aucune autre semence de l'île, afin que le désir d'en revoir les productions la déterminât à y revenir promptement. Il la suppliait de se rendre au plus tôt aux vœux ardents de leur famille, et aux siens particuliers, puisqu'il ne pouvait désormais goûter aucune joie loin d'elle.

Paul sema avec le plus grand soin les graines européennes, et surtout celles de violettes et de scabieuses, dont les fleurs semblaient avoir quelque analogie avec le caractère et la situation de Virginie, qui les lui avait si particulièrement recommandées ; mais, soit qu'elles eussent été éventées dans le trajet, soit plutôt que le climat de cette partie de l'Afrique ne leur soit pas favorable, il n'en germa qu'un petit nombre, qui ne put venir à sa perfection.

Cependant l'envie, qui va même au-devant du bonheur des hommes, surtout dans les colonies françaises, répandit dans l'île des bruits qui donnaient beaucoup d'inquiétude à Paul. Les gens du vaisseau qui avait apporté la lettre de Virginie assuraient qu'elle était sur le point de se marier : ils nommaient le seigneur de la cour qui devait l'épouser ; quelques-uns même disaient que la chose était faite et qu'ils en avaient été témoins. D'abord Paul méprisa des nouvelles apportées par un vaisseau de commerce, qui en répand souvent de fausses sur les lieux de son passage. Mais comme plusieurs habitants de l'île, par une pitié perfide, s'empressaient de le plaindre de cet évènement, il commença à y ajouter quelque croyance. D'ailleurs dans quelques-uns des romans qu'il avait lus, il voyait la trahison traitée de plaisanterie ; et comme il savait que ces livres renfermaient des peintures assez fidèles des mœurs de l'Europe, il craignit que la fille de madame de la Tour ne vînt à s'y corrompre, et à oublier ses anciens engagements. Ses lumières le rendaient déjà malheureux. Ce qui acheva d'augmenter ses craintes, c'est que plusieurs vaisseaux d'Europe arrivèrent ici depuis, dans l'espace de six mois, sans qu'aucun d'eux apportât des nouvelles de Virginie.

Cet infortuné jeune homme, livré à toutes les agitations de son cœur, venait me voir souvent, pour confirmer ou pour bannir ses inquiétudes par mon expérience du monde.

Je demeure, comme je vous l'ai dit, à une lieue et demie d'ici, sur les bords d'une petite rivière qui coule le long de la Montagne Longue. C'est là que je passe ma vie seul, sans femme, sans enfants, et sans esclaves.

Après le rare bonheur de trouver une compagne qui nous soit bien assortie, l'état le moins malheureux de la vie est sans doute de vivre seul. Tout homme qui a eu beaucoup à se plaindre des hommes cherche la solitude. Il est même très remarquable que tous les peuples malheureux par leurs opinions, leurs mœurs ou leurs gouvernements, ont produit des classes nombreuses de citoyens entièrement dévoués à la solitude et au célibat. Tels ont été les Égyptiens dans leur décadence, les Grecs du Bas Empire ; et tels sont de nos jours les Indiens, les Chinois, les Grecs modernes, les Italiens, et la plupart des peuples orientaux et méridionaux de l'Europe. La solitude ramène en partie l'homme au bonheur naturel, en éloignant de lui le malheur social. Au milieu de nos sociétés, divisées par tant de préjugés, l'âme est dans une agitation continuelle ; elle roule sans cesse en elle-même mille opinions turbulentes et contradictoires dont les membres d'une société ambitieuse et misérable cherchent à se subjuguer les uns les autres. Mais dans la solitude elle dépose ces illusions étrangères qui la troublent ; elle reprend le sentiment simple d'elle-même, de la nature et de son auteur. Ainsi l'eau bourbeuse d'un torrent qui ravage les campagnes, venant à se répandre dans quelque petit bassin écarté de son cours, dépose ses vases au fond de son lit, reprend sa première limpidité, et, redevenue transparente, réfléchit, avec ses propres rivages, la verdure de la terre et la lumière des cieux. La solitude rétablit aussi bien les harmonies du corps que celles de l'âme. C'est dans la classe des solitaires que se trouvent les hommes qui poussent le plus loin la carrière de la vie ; tels sont les brames de l'Inde. Enfin je la crois si nécessaire au bonheur dans le monde même, qu'il me paraît impossible d'y goûter un plaisir durable, de quelque sentiment que ce soit, ou de régler sa conduite sur quelque principe stable, si l'on ne se fait une solitude intérieure, d'où notre opinion sorte bien rarement, et où celle d'autrui n'entre jamais. Je ne veux pas dire toutefois que l'homme doive vivre absolument seul : il est lié avec tout le genre humain par ses besoins ; il doit donc ses travaux aux hommes ; il se doit aussi au reste de la nature. Mais, comme Dieu a donné à chacun de nous des organes parfaitement assortis aux éléments du globe où nous vivons, des pieds pour le sol, des poumons pour l'air, des yeux pour la lumière, sans que nous puissions intervertir l'usage de ces sens, il s'est réservé pour lui seul, qui est l'auteur de la vie, le cœur, qui en est le principal organe.

Je passe donc mes jours loin des hommes, que j'ai voulu servir, et qui m'ont persécuté. Après avoir parcouru une grande partie de l'Europe, et quelques cantons de l'Amérique et de l'Afrique, je me suis fixé dans cette île peu habitée, séduit par sa douce température et par ses solitudes. Une cabane que j'ai bâtie dans la forêt au pied d'un arbre, un petit champ défriché de mes mains, une rivière qui coule devant ma porte, suffisent à mes besoins et à mes plaisirs. Je joins à ces jouissances celle de quelques bons livres qui m'apprennent à devenir meilleur. Ils font encore servir à mon bonheur le monde même que j'ai quitté ; ils me présentent des tableaux des passions qui en rendent les habitants si misérables, et par la comparaison que je fais de leur sort au mien, ils me font jouir d'un bonheur négatif. Comme un homme sauvé du naufrage sur un rocher, je contemple de ma solitude les orages qui frémissent dans le reste du monde ; mon repos même redouble par le bruit lointain de la tempête. Depuis que les hommes ne sont plus sur mon chemin, et que je ne suis plus sur le leur, je ne les hais plus ; je les plains. Si je rencontre quelque infortuné, je tâche de venir à son secours par mes conseils, comme un passant sur le bord d'un torrent tend la main à un malheureux qui s'y noie. Mais je n'ai guère trouvé que l'innocence attentive à ma voix. La nature appelle en vain à elle le reste des hommes ; chacun d'eux se fait d'elle une image qu'il revêt de ses propres passions. Il poursuit toute sa vie ce vain fantôme qui l'égare, et il se plaint ensuite au ciel de l'erreur qu'il s'est formée lui-même. Parmi un grand nombre d'infortunés que j'ai quelquefois essayé de ramener à la nature, je n'en ai pas trouvé un seul qui ne fût enivré de ses propres misères. Ils m'écoutaient d'abord avec attention dans l'espérance que je les aiderais à acquérir de la gloire ou de la fortune ; mais voyant que je ne voulais leur apprendre qu'à s'en passer, ils me trouvaient moi-même misérable de ne pas courir après leur malheureux bonheur : ils blâmaient ma vie solitaire ; ils prétendaient qu'eux seuls étaient utiles aux hommes, et ils s'efforçaient de m'entraîner dans leur tourbillon. Mais si je me communique à tout le monde, je ne me livre à personne. Souvent il me suffit de moi pour me servir de leçon à moi-même. Je repasse dans le calme présent les agitations passées de ma propre vie, auxquelles j'ai donné tant de prix ; les protections, la fortune, la réputation, les voluptés, et les opinions qui se combattent par toute la terre. Je compare tant d'hommes que j'ai vus se disputer avec fureur ces chimères, et qui ne sont plus, aux flots de ma rivière, qui se brisent en écumant contre les rochers de son lit, et disparaissent pour ne revenir jamais. Pour moi, je me laisse entraîner en paix au fleuve du temps, vers l'océan de l'avenir qui n'a plus de rivages ; et par le spectacle des harmonies actuelles de la nature, je m'élève vers son auteur, et j'espère dans un autre monde de plus heureux destins.

Quoiqu'on n'aperçoive pas de mon ermitage, situé au milieu d'une forêt, cette multitude d'objets que nous présente l'élévation du lieu où nous sommes, il s'y trouve des dispositions intéressantes, surtout pour un homme qui, comme moi, aime mieux rentrer en lui-même que s'étendre au-dehors. La rivière qui coule devant ma porte passe en ligne droite à travers les bois, en sorte qu'elle me présente un long canal ombragé d'arbres de toute sorte de feuillages : il y a des tatamaques, des bois d'ébène, et de ceux qu'on appelle ici bois de pomme, bois d'olive, et bois de cannelle ; des bosquets de palmistes élèvent çà et là leurs colonnes nues, et longues de plus de cent pieds, surmontées à leurs sommets d'un bouquet de palmes, et paraissent au-dessus des autres arbres comme une forêt plantée sur une autre forêt. Il s'y joint des lianes de divers feuillages, qui, s'enlaçant d'un arbre à l'autre, forment ici des arcades de fleurs, là de longues courtines de verdure. Des odeurs aromatiques sortent de la plupart de ces arbres, et leurs parfums ont tant d'influence sur les vêtements mêmes, qu'on sent ici un homme qui a traversé une forêt quelques heures après qu'il en est sorti. Dans la saison où ils donnent leurs fleurs vous les diriez à demi-couverts de neige. À la fin de l'été plusieurs espèces d'oiseaux étrangers viennent, par un instinct incompréhensible, de régions inconnues, au-delà des vastes mers, récolter les graines des végétaux de cette île, et opposent l'éclat de leurs couleurs à la verdure des arbres rembrunie par le soleil. Telles sont, entre autres, diverses espèces de perruches, et les pigeons bleus, appelés ici pigeons hollandais. Les singes, habitants domiciliés de ces forêts, se jouent dans leurs sombres rameaux, dont ils se détachent par leur poil gris et verdâtre, et leur face toute noire ; quelques-uns s'y suspendent par la queue et se balancent en l'air ; d'autres sautent de branche en branche, portant leurs petits dans leurs bras. Jamais le fusil meurtrier n'y a effrayé ces paisibles enfants de la nature. On n'y entend que des cris de joie, des gazouillements et des ramages inconnus de quelques oiseaux des terres australes, que répètent au loin les échos de ces forêts. La rivière qui coule en bouillonnant sur un lit de roche, à travers les arbres, réfléchit çà et là dans ses eaux limpides leurs masses vénérables de verdure et d'ombre, ainsi que les jeux de leurs heureux habitants : à mille pas de là elle se précipite de différents étages de rocher, et forme à sa chute une nappe d'eau unie comme le cristal, qui se brise en tombant en bouillons d'écume. Mille bruits confus sortent de ces eaux tumultueuses, et dispersés par les vents dans la forêt, tantôt ils fuient au loin, tantôt ils se rapprochent tous à la fois, et assourdissent, comme les sons des cloches d'une cathédrale. L'air, sans cesse renouvelé par le mouvement des eaux, entretient sur les bords de cette rivière, malgré les ardeurs de l'été, une verdure et une fraîcheur, qu'on trouve rarement dans cette île sur le haut même des montagnes.

À quelque distance de là est un rocher assez éloigné de la cascade pour qu'on n'y soit pas étourdi du bruit de ses eaux, et qui en est assez voisin pour y jouir de leur vue, de leur fraîcheur et de leur murmure. Nous allions quelquefois dans les grandes chaleurs dîner à l'ombre de ce rocher, madame de la Tour, Marguerite, Virginie, Paul et moi. Comme Virginie dirigeait toujours au bien d'autrui ses actions même les plus communes, elle ne mangeait pas un fruit à la campagne qu'elle n'en mît en terre les noyaux ou les pépins : « Il en viendra, disait-elle, des arbres qui donneront leurs fruits à quelque voyageur, ou au moins à un oiseau. » Un jour donc qu'elle avait mangé une papaye au pied de ce rocher, elle y planta les semences de ce fruit. Bientôt après il y crût plusieurs papayers, parmi lesquels il y en avait un femelle, c'est-à-dire qui porte des fruits. Cet arbre n'était pas si haut que le genou de Virginie à son départ ; mais comme il croît vite, deux ans après il avait vingt pieds de hauteur, et son tronc était entouré dans sa partie supérieure de plusieurs rangs de fruits mûrs. Paul, s'étant rendu par hasard dans ce lieu, fut rempli de joie en voyant ce grand arbre sorti d'une petite graine qu'il avait vu planter par son amie ; et en même temps il fut saisi d'une tristesse profonde par ce témoignage de sa longue absence. Les objets que nous voyons habituellement ne nous font pas apercevoir de la rapidité de notre vie ; ils vieillissent avec nous d'une vieillesse insensible : mais ce sont ceux que nous revoyons tout à coup après les avoir perdus quelques années de vue, qui nous avertissent de la vitesse avec laquelle s'écoule le fleuve de nos jours. Paul fut aussi surpris et aussi troublé à la vue de ce grand papayer chargé de fruits, qu'un voyageur l'est, après une longue absence de son pays, de n'y plus retrouver ses contemporains, et d'y voir leurs enfants, qu'il avait laissés à la mamelle, devenus eux-mêmes pères de famille. Tantôt il voulait l'abattre, parce qu'il lui rendait trop sensible la longueur du temps qui s'était écoulé depuis le départ de Virginie ; tantôt, le considérant comme un monument de sa bienfaisance, il baisait son tronc, et lui adressait des paroles pleines d'amour et de regrets. Ô arbre dont la postérité existe encore dans nos bois, je vous ai vu moi-même avec plus d'intérêt et de vénération que les arcs de triomphe des Romains ! Puisse la nature, qui détruit chaque jour les monuments de l'ambition des rois, multiplier dans nos forêts ceux de la bienfaisance d'une jeune et pauvre fille !

C'était donc au pied de ce papayer que j'étais sûr de rencontrer Paul quand il venait dans mon quartier. Un jour je l'y trouvai accablé de mélancolie, et j'eus avec lui une conversation que je vais vous rapporter, si je ne vous suis point trop ennuyeux par mes longues digressions, pardonnables à mon âge et à mes dernières amitiés. Je vous la raconterai en forme de dialogue, afin que vous jugiez du bon sens naturel de ce jeune homme ; et il vous sera aisé de faire la différence des interlocuteurs par le sens de ses questions et de mes réponses.

Il me dit :

Je suis bien chagrin. Mademoiselle de la Tour est partie depuis deux ans et deux mois ; et depuis huit mois et demi elle ne nous a pas donné de ses nouvelles. Elle est riche ; je suis pauvre : elle m'a oublié. J'ai envie de m'embarquer : j'irai en France, j'y servirai le roi, j'y ferai fortune ; et la grand-tante de mademoiselle de la Tour me donnera sa petite nièce en mariage, quand je serai devenu un grand seigneur.

Le vieillard

Oh mon ami ! ne m'avez-vous pas dit que vous n'aviez pas de naissance ?

Paul

Ma mère me l'a dit ; car pour moi je ne sais ce que c'est que la naissance. Je ne me suis jamais aperçu que j'en eusse moins qu'un autre, ni que les autres en eussent plus que moi.

Le vieillard

Le défaut de naissance vous ferme en France le chemin aux grands emplois. Il y a plus : vous ne pouvez même être admis dans aucun corps distingué.

Paul

Vous m'avez dit plusieurs fois qu'une des causes de la grandeur de la France était que le moindre sujet pouvait y parvenir à tout, et vous m'avez cité beaucoup d'hommes célèbres qui, sortis de petits états, avaient fait honneur à leur patrie. Vous vouliez donc tromper mon courage ?

Le vieillard

Mon fils, jamais je ne l'abattrai. Je vous ai dit la vérité sur les temps passés ; mais les choses sont bien changées à présent : tout est devenu vénal en France ; tout y est aujourd'hui le patrimoine d'un petit nombre de familles, ou le partage des corps. Le roi est un soleil que les grands et les corps environnent comme des nuages ; il est presque impossible qu'un de ses rayons tombe sur vous. Autrefois, dans une administration moins compliquée, on a vu ces phénomènes. Alors les talents et le mérite se sont développés de toutes parts, comme des terres nouvelles qui, venant à être défrichées, produisent avec tout leur suc. Mais les grands rois qui savent connaître les hommes et les choisir, sont rares. Le vulgaire des rois ne se laisse aller qu'aux impulsions des grands et des corps qui les environnent.

Paul

Mais je trouverai peut-être un de ces grands qui me protégera.

Le vieillard

Pour être protégé des grands il faut servir leur ambition ou leurs plaisirs. Vous n'y réussirez jamais, car vous êtes sans naissance, et vous avez de la probité.

Paul

Mais je ferai des actions si courageuses, je serai si fidèle à ma parole, si exact dans mes devoirs, si zélé et si constant dans mon amitié, que je mériterai d'être adopté par quelqu'un d'eux, comme j'ai vu que cela se pratiquait dans les histoires anciennes que vous m'avez fait lire.

Le vieillard

Oh mon ami ! chez les Grecs et chez les Romains, même dans leur décadence, les grands avaient du respect pour la vertu ; mais nous avons eu une foule d'hommes célèbres en tout genre, sortis des classes du peuple, et je n'en sache pas un seul qui ait été adopté par une grande maison. La vertu, sans nos rois, serait condamnée en France à être éternellement plébéienne. Comme je vous l'ai dit, ils la mettent quelquefois en honneur lorsqu'ils l'aperçoivent ; mais aujourd'hui les distinctions qui lui étaient réservées ne s'accordent plus que pour de l'argent.

Paul

Au défaut d'un grand je chercherai à plaire à un corps. J'épouserai entièrement son esprit et ses opinions : je m'en ferai aimer.

Le vieillard

Vous ferez donc comme les autres hommes, vous renoncerez à votre conscience pour parvenir à la fortune ?

Paul

Oh non ! je ne chercherai jamais que la vérité.

Le vieillard

Au lieu de vous faire aimer, vous pourriez bien vous faire haïr. D'ailleurs les corps s'intéressent fort peu à la découverte de la vérité. Toute opinion est indifférente aux ambitieux, pourvu qu'ils gouvernent.

Paul

« Que je suis infortuné ! tout me repousse. Je suis condamné à passer ma vie dans un travail obscur, loin de Virginie ! » Et il soupira profondément.

Le vieillard

Que Dieu soit votre unique patron, et le genre humain votre Corps ! Soyez constamment attaché à l'un et à l'autre. Les familles, les Corps, les peuples, les rois, ont leurs préjugés et leurs passions ; il faut souvent les servir par des vices. Dieu et le genre humain ne nous demandent que des vertus.

Mais pourquoi voulez-vous être distingué du reste des hommes ? C'est un sentiment qui n'est pas naturel, puisque, si chacun l'avait, chacun serait en état de guerre avec son voisin. Contentez-vous de remplir votre devoir dans l'état où la Providence vous a mis ; bénissez votre sort, qui vous permet d'avoir une conscience à vous, et qui ne vous oblige pas, comme les grands, de mettre votre bonheur dans l'opinion des petits, et comme les petits de ramper sous les grands pour avoir de quoi vivre. Vous êtes dans un pays et dans une condition où, pour subsister, vous n'avez besoin ni de tromper, ni de flatter, ni de vous avilir, comme font la plupart de ceux qui cherchent la fortune en Europe ; où votre état ne vous interdit aucune vertu ; où vous pouvez être impunément bon, vrai, sincère, instruit, patient, tempérant, chaste, indulgent, pieux, sans qu'aucun ridicule vienne flétrir votre sagesse, qui n'est encore qu'en fleur. Le ciel vous a donné de la liberté, de la santé, une bonne conscience, et des amis : les rois, dont vous ambitionnez la faveur, ne sont pas si heureux.

Paul

Ah ! il me manque Virginie ! Sans elle je n'ai rien ; avec elle j'aurais tout. Elle seule est ma naissance, ma gloire, et ma fortune. Mais puisque enfin sa parente veut lui donner pour mari un homme d'un grand nom, avec l'étude et des livres on devient savant et célèbre : je m'en vais étudier. J'acquerrai de la science ; je servirai utilement ma patrie par mes lumières, sans nuire à personne, et sans en dépendre ; je deviendrai fameux, et ma gloire n'appartiendra qu'à moi.

Le vieillard

Mon fils, les talents sont encore plus rares que la naissance et que les richesses ; et sans doute ils sont de plus grands biens, puisque rien ne peut les ôter, et que partout ils nous concilient l'estime publique : mais ils coûtent cher. On ne les acquiert que par des privations en tout genre, par une sensibilité exquise qui nous rend malheureux au-dedans, et au-dehors par les persécutions de nos contemporains. L'homme de robe n'envie point en France la gloire du militaire, ni le militaire celle de l'homme de mer ; mais tout le monde y traversera votre chemin, parce que tout le monde s'y pique d'avoir de l'esprit. Vous servirez les hommes, dites-vous ? Mais celui qui fait produire à un terrain une gerbe de blé de plus leur rend un plus grand service que celui qui leur donne un livre.

Paul

« Oh ! celle qui a planté ce papayer a fait aux habitants de ces forêts un présent plus utile et plus doux que si elle leur avait donné une bibliothèque. » Et en même temps il saisit cet arbre dans ses bras, et le baisa avec transport.

Le vieillard

Le meilleur des livres, qui ne prêche que l'égalité, l'amitié, l'humanité, et la concorde, l'Évangile, a servi pendant des siècles de prétexte aux fureurs des Européens. Combien de tyrannies publiques et particulières s'exercent encore en son nom sur la terre ! Après cela, qui se flattera d'être utile aux hommes par un livre ? Rappelez-vous quel a été le sort de la plupart des philosophes qui leur ont prêché la sagesse. Homère, qui l'a revêtue de vers si beaux, demandait l'aumône pendant sa vie. Socrate, qui en donna aux Athéniens de si aimables leçons par ses discours et par ses mœurs, fut empoisonné juridiquement par eux. Son sublime disciple Platon fut livré à l'esclavage par l'ordre du prince même qui le protégeait : et avant eux, Pythagore, qui étendait l'humanité jusqu'aux animaux, fut brûlé vif par les Crotoniates. Que dis-je ? la plupart même de ces noms illustres sont venus à nous défigurés par quelques traits de satire qui les caractérisent, l'ingratitude humaine se plaisant à les reconnaître là ; et si dans la foule la gloire de quelques-uns est venue nette et pure jusqu'à nous, c'est que ceux qui les ont portés ont vécu loin de la société de leurs contemporains : semblables à ces statues qu'on tire entières des champs de la Grèce et de l'Italie, et qui, pour avoir été ensevelies dans le sein de la terre, ont échappé à la fureur des barbares.

Vous voyez donc que, pour acquérir la gloire orageuse des lettres, il faut bien de la vertu, et être prêt à sacrifier sa propre vie. D'ailleurs, croyez-vous que cette gloire intéresse en France les gens riches ? Ils se soucient bien des gens de lettres, auxquels la science ne rapporte ni dignité dans la patrie, ni gouvernement, ni entrée à la cour. On persécute peu dans ce siècle indifférent à tout, hors à la fortune et aux voluptés ; mais les lumières et la vertu n'y mènent à rien de distingué, parce que tout est dans État le prix de l'argent. Autrefois elles trouvaient des récompenses assurées dans les différentes places de l'église, de la magistrature et de l'administration ; aujourd'hui elles ne servent qu'à faire des livres. Mais ce fruit, peu prisé des gens du monde, est toujours digne de son origine céleste. C'est à ces mêmes livres qu'il est réservé particulièrement de donner de l'éclat à la vertu obscure, de consoler les malheureux, d'éclairer les nations, et de dire la vérité même aux rois. C'est, sans contredit, la fonction la plus auguste dont le ciel puisse honorer un mortel sur la terre. Quel est l'homme qui ne se console de l'injustice ou du mépris de ceux qui disposent de la fortune, lorsqu'il pense que son ouvrage ira, de siècle en siècle et de nations en nations, servir de barrière à l'erreur et aux tyrans ; et que, du sein de l'obscurité où il a vécu, il jaillira une gloire qui effacera celle de la plupart des rois, dont les monuments périssent dans l'oubli, malgré les flatteurs qui les élèvent et qui les vantent ?

Paul

Ah ! je ne voudrais cette gloire que pour la répandre sur Virginie, et la rendre chère à l'univers. Mais vous qui avez tant de connaissances, dites-moi si nous nous marierons ? Je voudrais être savant, au moins pour connaître l'avenir.

Le vieillard

Qui voudrait vivre, mon fils, s'il connaissait l'avenir ? Un seul malheur prévu nous donne tant de vaines inquiétudes ! la vue d'un malheur certain empoisonnerait tous les jours qui le précéderaient. Il ne faut pas même trop approfondir ce qui nous environne ; et le ciel, qui nous donna la réflexion pour prévoir nos besoins, nous a donné les besoins pour mettre des bornes à notre réflexion.

Paul

Avec de l'argent, dites-vous, on acquiert en Europe des dignités et des honneurs. J'irai m'enrichir au Bengale pour aller épouser Virginie à Paris. Je vais m'embarquer.

Le vieillard

Quoi ! vous quitteriez sa mère et la vôtre ?

Paul

Vous m'avez vous-même donné le conseil de passer aux Indes.

Le vieillard

Virginie était alors ici. Mais vous êtes maintenant l'unique soutien de votre mère et de la sienne.

Paul

Virginie leur fera du bien par sa riche parente.

Le vieillard

Les riches n'en font guère qu'à ceux qui leur font honneur dans le monde. Ils ont des parents bien plus à plaindre que madame de la Tour, qui, faute d'être secourus par eux, sacrifient leur liberté pour avoir du pain et passent leur vie renfermés dans des couvents.

Paul

« Quel pays que l'Europe ! Oh ! il faut que Virginie revienne ici. Qu'a-t-elle besoin d'avoir une parente riche ? Elle était si contente sous ces cabanes, si jolie et si bien parée avec un mouchoir rouge ou des fleurs autour de sa tête. Reviens, Virginie ! quitte tes hôtels et tes grandeurs. Reviens dans ces rochers, à l'ombre de ces bois et de nos cocotiers. Hélas ! tu es peut-être maintenant malheureuse !... » Et il se mettait à pleurer. Mon père, ne me cachez rien : si vous ne pouvez me dire si j'épouserai Virginie, au moins apprenez-moi si elle m'aime encore, au milieu de ces grands seigneurs qui parlent au roi, et qui la vont voir.

Le vieillard
« Oh ! mon ami, je suis sûr qu'elle vous aime par plusieurs raisons, mais surtout parce qu'elle a de la vertu. » À ces mots il me sauta au cou, transporté de joie.

Paul
Mais croyez-vous les femmes d'Europe fausses comme on les représente dans les comédies et dans les livres que vous m'avez prêtés ?

Le vieillard
Les femmes sont fausses dans les pays où les hommes sont tyrans. Partout la violence produit la ruse.

Paul
Comment peut-on être tyran des femmes ?

Le vieillard
En les mariant sans les consulter, une jeune fille avec un vieillard, une femme sensible avec un homme indifférent.

Paul
Pourquoi ne pas marier ensemble ceux qui se conviennent, les jeunes avec les jeunes, les amants avec les amantes ?

Le vieillard
C'est que la plupart des jeunes gens, en France, n'ont pas assez de fortune pour se marier, et qu'ils n'en acquièrent qu'en devenant vieux. Jeunes, ils corrompent les femmes de leurs voisins ; vieux, ils ne peuvent fixer l'affection de leurs épouses. Ils ont trompé, étant jeunes ; on les trompe à leur tour, étant vieux. C'est une des réactions de la justice universelle qui gouverne le monde. Un excès y balance toujours un autre excès. Ainsi la plupart des Européens passent leur vie dans ce double désordre, et ce désordre augmente dans une société à mesure que les richesses s'y accumulent sur un moindre nombre de têtes. État est semblable à un jardin, où les petits arbres ne peuvent venir s'il y en a de trop grands qui les ombragent ; mais il y a cette différence que la beauté d'un jardin peut résulter d'un petit nombre de grands arbres, et que la prospérité d'un État dépend

toujours de la multitude et de l'égalité des sujets, et non pas d'un petit nombre de riches.

Paul
Mais qu'est-il besoin d'être riche pour se marier ?

Le vieillard
Afin de passer ses jours dans l'abondance sans rien faire.

Paul
Et pourquoi ne pas travailler ? Je travaille bien, moi.

Le vieillard
C'est qu'en Europe le travail des mains déshonore. On l'appelle travail mécanique. Celui même de labourer la terre y est le plus méprisé de tous. Un artisan y est bien plus estimé qu'un paysan.

Paul
Quoi ! l'art qui nourrit les hommes est méprisé en Europe ! Je ne vous comprends pas.

Le vieillard
Oh ! il n'est pas possible à un homme élevé dans la nature de comprendre les dépravations de la société. On se fait une idée précise de l'ordre, mais non pas du désordre. La beauté, la vertu, le bonheur, ont des proportions ; la laideur, le vice, et le malheur, n'en ont point.

Paul
Les gens riches sont donc bien heureux ! Ils ne trouvent d'obstacles à rien ; ils peuvent combler de plaisirs les objets qu'ils aiment.

Le vieillard
Ils sont la plupart usés sur tous les plaisirs, par cela même qu'ils ne leur coûtent aucunes peines. N'avez-vous pas éprouvé que le plaisir du repos s'achète par la fatigue ; celui de manger, par la faim ; celui de boire, par la soif ? Eh bien ! celui d'aimer et d'être aimé ne s'acquiert que par une multitude de privations et de sacrifices. Les richesses ôtent aux riches tous ces plaisirs-là en prévenant leurs besoins. Joignez à l'ennui qui suit leur satiété l'orgueil qui naît de leur opulence, et que la moindre privation blesse lors même que les plus grandes jouissances ne le flattent plus. Le parfum de mille roses ne plaît qu'un instant ; mais la douleur que cause une seule de leurs épines dure longtemps après sa piqûre. Un mal au milieu des plaisirs est pour les riches une épine au milieu des fleurs. Pour les pauvres, au contraire, un plaisir au milieu des maux est une fleur au milieu des épines ; ils en goûtent vivement la jouissance. Tout effet augmente par son contraste. La

nature a tout balancé. Quel état, à tout prendre, croyez-vous préférable, de n'avoir presque rien à espérer et tout à craindre, ou presque rien à craindre et tout à espérer ? Le premier état est celui des riches, et le second celui des pauvres. Mais ces extrêmes sont également difficiles à supporter aux hommes dont le bonheur consiste dans la médiocrité et la vertu.

Paul

Qu'entendez-vous par la vertu ?

Le vieillard

Mon fils ! vous qui soutenez vos parents par vos travaux, vous n'avez pas besoin qu'on vous la définisse. La vertu est un effort fait sur nous-mêmes pour le bien d'autrui dans l'intention de plaire à Dieu seul.

Paul

« Oh ! que Virginie est vertueuse ! C'est par vertu qu'elle a voulu être riche, afin d'être bienfaisante. C'est par vertu qu'elle est partie de cette île : la vertu l'y ramènera. » L'idée de son retour prochain allumant l'imagination de ce jeune homme, toutes ses inquiétudes s'évanouissaient. Virginie n'avait point écrit, parce qu'elle allait arriver. Il fallait si peu de temps pour venir d'Europe avec un bon vent ! Il faisait l'énumération des vaisseaux qui avaient fait ce trajet de quatre mille cinq cents lieues en moins de trois mois. Le vaisseau où elle s'était embarquée n'en mettrait pas plus de deux : les constructeurs étaient aujourd'hui si savants, et les marins si habiles ! Il parlait des arrangements qu'il allait faire pour la recevoir, du nouveau logement qu'il allait bâtir, des plaisirs et des surprises qu'il lui ménagerait chaque jour quand elle serait sa femme. Sa femme !… cette idée le ravissait. « Au moins, mon père, me disait-il, vous ne ferez plus rien que pour votre plaisir. Virginie étant riche, nous aurons beaucoup de Noirs qui travailleront pour vous. Vous serez toujours avec nous, n'ayant d'autre souci que celui de vous amuser et de vous réjouir. » Et il allait, hors de lui, porter à sa famille la joie dont il était enivré.

En peu de temps les grandes craintes succèdent aux grandes espérances. Les passions violentes jettent toujours l'âme dans les extrémités opposées. Souvent, dès le lendemain, Paul revenait me voir, accablé de tristesse. Il me disait : « Virginie ne m'écrit point. Si elle était partie d'Europe elle m'aurait mandé son départ. Ah ! les bruits qui ont couru d'elle ne sont que trop fondés ! sa tante l'a mariée à un grand seigneur. L'amour des richesses l'a perdue comme tant d'autres. Dans ces livres qui peignent si bien les femmes la vertu n'est qu'un sujet de roman. Si Virginie avait eu de la vertu, elle n'aurait pas quitté sa propre mère et moi. Pendant que je passe ma vie à penser à elle, elle m'oublie ; je m'afflige, et elle se divertit. Ah ! cette pensée me désespère. Tout travail me déplaît ; toute société m'ennuie. Plût à Dieu que la guerre fût déclarée dans l'Inde ! j'irais y mourir. »

« Mon fils, lui répondis-je, le courage qui nous jette dans la mort n'est que le courage d'un instant. Il est souvent excité par les vains applaudissements des hommes. Il en est un plus rare et plus nécessaire qui nous fait supporter chaque jour, sans témoin et sans éloge, les traverses de la vie ; c'est la patience. Elle s'appuie, non sur l'opinion d'autrui ou sur l'impulsion de nos passions, mais sur la volonté de Dieu. La patience est le courage de la vertu. »

Ah ! s'écria-t-il, je n'ai donc point de vertu ! Tout m'accable et me désespère. – La vertu, repris-je, toujours égale, constante, invariable, n'est pas le partage de l'homme. Au milieu de tant de passions qui nous agitent, notre raison se trouble et s'obscurcit ; mais il est des phares où nous pouvons en rallumer le flambeau : ce sont les lettres.

Les lettres, mon fils, sont un secours du ciel. Ce sont des rayons de cette sagesse qui gouverne l'univers, que l'homme, inspiré par un art céleste, a appris à fixer sur la terre. Semblables aux rayons du soleil, elles éclairent, elles réjouissent, elles échauffent ; c'est un feu divin. Comme le feu, elles approprient toute la nature à notre usage. Par elles nous réunissons autour de nous les choses, les lieux, les hommes et les temps. Ce sont elles qui nous rappellent aux règles de la vie humaine. Elles calment les passions ; elles répriment les vices ; elles excitent les vertus par les exemples augustes des gens de bien qu'elles célèbrent, et dont elles nous présentent les images toujours honorées. Ce sont des filles du ciel qui descendent sur la terre pour charmer les maux du genre humain. Les grands écrivains qu'elles inspirent ont toujours paru dans les temps les plus difficiles à supporter à toute société, les temps de barbarie et ceux de dépravation. Mon fils, les lettres ont consolé une infinité d'hommes plus malheureux que vous : Xénophon, exilé de sa patrie après y avoir ramené dix mille Grecs ; Scipion l'Africain, lassé des calomnies des Romains ; Lucullus, de leurs brigues ; Catinat, de l'ingratitude de sa cour. Les Grecs, si ingénieux, avaient réparti à chacune des Muses qui président aux lettres une partie de notre entendement, pour le gouverner : nous devons donc leur donner nos passions à régir, afin qu'elles leur imposent un joug et un frein. Elles doivent remplir, par rapport aux puissances de notre âme, les mêmes fonctions que les Heures qui attelaient et conduisaient les chevaux du Soleil.

Lisez donc, mon fils. Les sages qui ont écrit avant nous sont des voyageurs qui nous ont précédés dans les sentiers de l'infortune, qui nous tendent la main, et nous invitent à nous joindre à leur compagnie lorsque tout nous abandonne. Un bon livre est un bon ami. »

« Ah ! s'écriait Paul, je n'avais pas besoin de savoir lire quand Virginie était ici. Elle n'avait pas plus étudié que moi ; mais quand elle me regardait en m'appelant son ami, il m'était impossible d'avoir du chagrin. »

Sans doute, lui disais-je, il n'y a point d'ami aussi agréable qu'une maîtresse qui nous aime. Il y a de plus dans la femme une gaieté légère qui dissipe la tristesse de l'homme. Ses grâces font évanouir les noirs fantômes de la réflexion. Sur son visage sont les doux attraits et la confiance. Quelle joie n'est rendue plus vive par sa joie ? quel front ne se déride à son sourire ? quelle colère résiste à ses larmes ? Virginie reviendra avec plus de philosophie que vous n'en avez. Elle sera bien surprise de ne pas retrouver le jardin tout à fait rétabli, elle qui ne songe qu'à l'embellir, malgré les persécutions de sa parente, loin de sa mère et de vous. »

L'idée du retour prochain de Virginie renouvelait le courage de Paul, et le ramenait à ses occupations champêtres. Heureux au milieu de ses peines de proposer à son travail une fin qui plaisait à sa passion !

Un matin, au point du jour (c'était le 24 décembre 1744), Paul, en se levant, aperçut un pavillon blanc arboré sur la montagne de la Découverte. Ce pavillon était le signalement d'un vaisseau qu'on voyait en mer. Paul courut à la ville pour savoir s'il n'apportait pas des nouvelles de Virginie. Il y resta jusqu'au retour du pilote du port, qui s'était embarqué pour aller le reconnaître, suivant l'usage. Cet homme ne revint que le soir. Il rapporta au gouverneur que le vaisseau signalé était le Saint-Géran, du port de 700 tonneaux, commandé par un capitaine appelé M. Aubin ; qu'il était à quatre lieues au large, et qu'il ne mouillerait au Port Louis que le lendemain dans l'après-midi, si le vent était favorable. Il n'en faisait point du tout alors. Le pilote remit au gouverneur les lettres que ce vaisseau apportait de France. Il y en avait une pour madame de la Tour, de l'écriture de Virginie. Paul s'en saisit aussitôt, la baisa avec transport, la mit dans son sein, et courut à l'habitation. Du plus loin qu'il aperçut la famille, qui attendait son retour sur le rocher des Adieux, il éleva la lettre en l'air sans pouvoir parler ; et aussitôt tout le monde se rassembla chez madame de la Tour pour en entendre la lecture. Virginie mandait à sa mère qu'elle avait éprouvé beaucoup de mauvais procédés de la part de sa grand-tante, qui l'avait voulu marier malgré elle, ensuite déshéritée, et enfin renvoyée dans un temps qui ne lui permettait d'arriver à l'Île de France que dans la saison des ouragans ; qu'elle avait essayé en vain de la fléchir, en lui représentant ce qu'elle devait à sa mère et aux habitudes du premier âge ; qu'elle en avait été traitée de fille insensée dont la tête était gâtée par les romans ; qu'elle n'était maintenant sensible qu'au bonheur de revoir et d'embrasser sa chère famille, et qu'elle eût satisfait cet ardent désir dès le jour même, si le capitaine lui eût permis de s'embarquer dans la chaloupe du pilote ; mais qu'il s'était opposé à son départ à cause de l'éloignement de la terre, et d'une grosse mer qui régnait au large, malgré le calme des vents.

À peine cette lettre fut lue que toute la famille, transportée de joie, s'écria : « Virginie est arrivée ! » Maîtresse et serviteurs, tous s'embrassèrent. Madame de la Tour dit à Paul : « Mon fils, allez prévenir notre voisin de l'arrivée de Virginie. » Aussitôt Domingue alluma un flambeau de bois de ronde, et Paul et lui s'acheminèrent vers mon habitation.

Il pouvait être dix heures du soir. Je venais d'éteindre ma lampe et de me coucher, lorsque j'aperçus à travers les palissades de ma cabane une lumière dans les bois. Bientôt après j'entendis la voix de Paul qui m'appelait. Je me lève ; et à peine j'étais habillé que Paul, hors de lui et tout essoufflé, me saute au cou en me disant : « Allons, allons ; Virginie est arrivée. Allons au port, le vaisseau y mouillera au point du jour. »

Sur-le-champ nous nous mettons en route. Comme nous traversions les bois de la Montagne Longue, et que nous étions déjà sur le chemin qui mène des Pamplemousses au port, j'entendis quelqu'un marcher derrière nous. C'était un Noir qui s'avançait à grands pas. Dès qu'il nous eut atteints je lui demandai d'où il venait, et où il allait en si grande hâte. Il me répondit : « Je viens du quartier de l'île appelé la Poudre d'Or : on m'envoie au port avertir le gouverneur qu'un vaisseau de France est mouillé sous l'île d'Ambre. Il tire du canon pour demander du secours, car la mer est bien mauvaise. » Cet homme ayant ainsi parlé continua sa route sans s'arrêter davantage.

Je dis alors à Paul : « Allons vers le quartier de la Poudre d'Or, au-devant de Virginie ; il n'y a que trois lieues d'ici. » Nous nous mîmes donc en route vers le nord de l'île. Il faisait une chaleur étouffante. La lune était levée ; on voyait autour d'elle trois grands cercles noirs. Le ciel était d'une obscurité affreuse. On distinguait, à la lueur fréquente des éclairs, de longues files de nuages épais, sombres, peu élevés, qui s'entassaient vers le milieu de l'île, et venaient de la mer avec une grande vitesse, quoiqu'on ne sentît pas le moindre vent à terre. Chemin faisant nous crûmes entendre rouler le tonnerre ; mais ayant prêté l'oreille attentivement nous reconnûmes que c'étaient des coups de canon répétés par les échos. Ces coups de canon lointains, joints à l'aspect d'un ciel orageux, me firent frémir. Je ne pouvais douter qu'ils ne fussent les signaux de détresse d'un vaisseau en perdition. Une demi-heure après nous n'entendîmes plus tirer du tout ; et ce silence me parut encore plus effrayant que le bruit lugubre qui l'avait précédé.

Nous nous hâtions d'avancer sans dire un mot, et sans oser nous communiquer nos inquiétudes. Vers minuit nous arrivâmes tout en nage sur le bord de la mer, au quartier de la Poudre d'Or. Les flots s'y brisaient avec un bruit épouvantable ; ils en couvraient les rochers et les grèves d'écume d'un blanc éblouissant et d'étincelles de feu. Malgré les ténèbres nous distinguâmes, à ces lueurs phosphoriques, les pirogues des pêcheurs qu'on avait tirées bien avant sur le sable.

À quelque distance de là nous vîmes, à l'entrée du bois, un feu autour duquel plusieurs habitants s'étaient rassemblés. Nous fûmes nous y reposer en attendant le jour. Pendant que nous étions assis auprès de ce feu, un des habitants nous raconta que dans l'après-midi il avait vu un vaisseau en pleine mer porté sur l'île par les courants ; que la nuit l'avait dérobé à sa vue ; que deux heures après le coucher du soleil il l'avait entendu tirer du canon pour appeler du secours, mais que la mer était si mauvaise qu'on n'avait pu mettre aucun bateau dehors pour aller à lui ; que bientôt après il avait cru apercevoir ses fanaux allumés, et que dans ce cas il craignait que le vaisseau, venu si près du rivage, n'eût passé entre la terre et la petite île d'Ambre, prenant celle-ci pour le Coin de Mire, près duquel passent les vaisseaux qui arrivent au Port Louis ; que si cela était, ce qu'il ne pouvait toutefois affirmer, ce vaisseau était dans le plus grand péril. Un autre habitant prit la parole, et nous dit qu'il avait traversé plusieurs fois le canal qui sépare l'île d'Ambre de la côte ; qu'il l'avait sondé, que la tenure et le mouillage en étaient très bons, et que le vaisseau y était en parfaite sûreté comme dans le meilleur port : « J'y mettrais toute ma fortune, ajouta-t-il, et j'y dormirais aussi tranquillement qu'à terre. » Un troisième habitant dit qu'il était impossible que ce vaisseau pût entrer dans ce canal, où à peine les chaloupes pouvaient naviguer. Il assura qu'il l'avait vu mouiller au-delà de l'île d'Ambre, en sorte que si le vent venait à s'élever au matin, il serait le maître de pousser au large, ou de gagner le port. D'autres habitants ouvrirent d'autres opinions. Pendant qu'ils contestaient entre eux, suivant la coutume des Créoles oisifs, Paul et moi nous gardions un profond silence. Nous restâmes là jusqu'au petit point du jour ; mais il faisait trop peu de clarté au ciel pour qu'on pût distinguer aucun objet sur la mer, qui d'ailleurs était couverte de brume : nous n'entrevîmes au large qu'un nuage sombre, qu'on nous dit être l'île d'Ambre, située à un quart de lieue de la côte. On n'apercevait dans ce jour ténébreux que la pointe du rivage où nous étions, et quelques pitons des montagnes de l'intérieur de l'île, qui apparaissaient de temps en temps au milieu des nuages qui circulaient autour.

Vers les sept heures du matin nous entendîmes dans les bois un bruit de tambours : c'était le gouverneur, M. de la Bourdonnais, qui arrivait à cheval, suivi d'un détachement de soldats armés de fusils, et d'un grand nombre d'habitants et de Noirs. Il plaça ses soldats sur le rivage, et leur ordonna de faire feu de leurs armes tous à la fois. À peine leur décharge fut faite que nous aperçûmes sur la mer une lueur, suivie presque aussitôt d'un coup de canon. Nous jugeâmes que le vaisseau était à peu de distance de nous, et nous courûmes tous du côté où nous avions vu son signal. Nous aperçûmes alors, à travers le brouillard, le corps et les vergues d'un grand vaisseau. Nous en étions si près que, malgré le bruit des flots, nous entendîmes le sifflet du maître qui commandait la manœuvre, et les cris des matelots, qui crièrent trois fois Vive Le Roi ! car c'est le cri des Français dans les dangers extrêmes, ainsi que dans les grandes joies : comme si, dans les dangers, ils appelaient leur prince à leur secours, ou comme s'ils voulaient témoigner alors qu'ils sont prêts à périr pour lui.

Depuis le moment où le Saint-Géran aperçut que nous étions à portée de le secourir, il ne cessa de tirer du canon de trois minutes en trois minutes. M. de la Bourdonnais fit allumer de grands feux de distance en distance sur la grève, et envoya chez tous les habitants du voisinage chercher des vivres, des planches, des câbles, et des tonneaux vides. On en vit arriver bientôt une foule, accompagnés de leurs Noirs chargés de provisions et d'agrès, qui venaient des habitations de la Poudre d'Or, du quartier de Flacque, et de la Rivière du Rempart. Un des plus anciens de ces habitants s'approcha du gouverneur, et lui dit : « Monsieur, on a entendu toute la nuit des bruits sourds dans la montagne ; dans les bois les feuilles des arbres remuent sans qu'il fasse de vent ; les oiseaux de marine se réfugient à terre : certainement tous ces signes annoncent un ouragan. – Eh bien ! mes amis, répondit le gouverneur, nous y sommes préparés, et sûrement le vaisseau l'est aussi. »

En effet tout présageait l'arrivée prochaine d'un ouragan. Les nuages qu'on distinguait au zénith étaient à leur centre d'un noir affreux, et cuivrés sur leurs bords. L'air retentissait des cris des paille-en-culs, des frégates, des coupeurs d'eau, et d'une multitude d'oiseaux de marine, qui, malgré l'obscurité de l'atmosphère, venaient de tous les points de l'horizon chercher des retraites dans l'île.

Vers les neuf heures du matin on entendit du côté de la mer des bruits épouvantables, comme si des torrents d'eau, mêlés à des tonnerres, eussent roulé du haut des montagnes. Tout le monde s'écria : « Voilà l'ouragan ! » et dans l'instant un tourbillon affreux de vent enleva la brume qui couvrait l'île d'Ambre et son canal. Le Saint-Géran parut alors à découvert avec son pont chargé de monde, ses vergues et ses mâts de hune amenés sur le tillac, son pavillon en berne, quatre câbles sur son avant, et un de retenue sur son arrière. Il était mouillé entre l'île d'Ambre et la terre, en deçà de la ceinture de récifs qui entoure l'Île de France, et qu'il avait franchie par un endroit où jamais vaisseau n'avait passé avant lui. Il présentait son avant aux flots qui venaient de la pleine mer, et à chaque lame d'eau qui s'engageait dans le canal, sa proue se soulevait tout entière, de sorte qu'on en voyait la carène en l'air ; mais dans ce mouvement sa poupe, venant à plonger, disparaissait à la vue jusqu'au couronnement, comme si elle eût été submergée. Dans cette position où le vent et la mer le jetaient à terre, il lui était également impossible de s'en aller par où il était venu, ou, en coupant ses câbles, d'échouer sur le rivage, dont il était séparé par de hauts fonds semés de récifs. Chaque lame qui venait briser sur la côte s'avançait en mugissant jusqu'au fond des anses, et y jetait des galets à plus de cinquante pieds dans les terres ; puis, venant à se retirer, elle découvrait une grande partie du lit du rivage, dont elle roulait les cailloux avec un bruit rauque et affreux. La mer, soulevée par le vent, grossissait à chaque instant, et tout le canal compris entre cette île et l'île d'Ambre n'était qu'une vaste nappe d'écumes blanches, creusées de vagues noires et profondes. Ces écumes s'amassaient dans le fond des anses à plus de six pieds de hauteur, et le vent, qui en balayait la surface, les portait par-dessus l'escarpement du rivage à plus d'une demi-lieue dans les terres. À leurs flocons blancs et innombrables, qui étaient chassés horizontalement jusqu'au pied des montagnes, on eût dit d'une neige qui sortait de la mer. L'horizon offrait tous les signes d'une longue tempête ; la mer y paraissait confondue avec le ciel. Il s'en détachait sans cesse des nuages d'une forme horrible qui traversaient le zénith avec la vitesse des oiseaux, tandis que d'autres y paraissaient immobiles comme de grands rochers. On n'apercevait aucune partie azurée du firmament ; une lueur olivâtre et blafarde éclairait seule tous les objets de la terre, de la mer, et des cieux.

Dans les balancements du vaisseau, ce qu'on craignait arriva. Les câbles de son avant rompirent ; et comme il n'était plus retenu que par une seule ansière, il fut jeté sur les rochers à une demi-encablure du rivage. Ce ne fut qu'un cri de douleur parmi nous. Paul allait s'élancer à la mer, lorsque je le saisis par le bras : « Mon fils, lui dis-je, voulez-vous périr ? – Que j'aille à son secours, s'écria-t-il, ou que je meure ! » Comme le désespoir lui ôtait la raison, pour prévenir sa perte, Domingue et moi lui attachâmes à la ceinture une longue corde dont nous saisîmes l'une des extrémités. Paul alors s'avança vers le Saint-Géran, tantôt nageant, tantôt marchant sur les récifs. Quelquefois il avait l'espoir de l'aborder, car la mer, dans ses mouvements irréguliers, laissait le vaisseau presque à sec, de manière qu'on en eût pu faire le tour à pied ; mais bientôt après, revenant sur ses pas avec une nouvelle furie, elle le couvrait d'énormes voûtes d'eau qui soulevaient tout l'avant de sa carène, et rejetaient bien loin sur le rivage le malheureux Paul, les jambes en sang, la poitrine meurtrie, et à demi noyé. À peine ce jeune homme avait-il repris l'usage de ses sens qu'il se relevait et retournait avec une nouvelle ardeur vers le vaisseau, que la mer cependant entrouvrait par d'horribles secousses. Tout l'équipage, désespérant alors de son salut, se précipitait en foule à la mer, sur des vergues, des planches, des cages à poules, des tables, et des tonneaux. On vit alors un objet digne d'une éternelle pitié : une jeune demoiselle parut dans la galerie de la poupe du

Saint-Géran, tendant les bras vers celui qui faisait tant d'efforts pour la joindre. C'était Virginie. Elle avait reconnu son amant à son intrépidité. La vue de cette aimable personne, exposée à un si terrible danger, nous remplit de douleur et de désespoir. Pour Virginie, d'un port noble et assuré, elle nous faisait signe de la main, comme nous disant un éternel adieu. Tous les matelots s'étaient jetés à la mer. Il n'en restait plus qu'un sur le pont, qui était tout nu et nerveux comme Hercule. Il s'approcha de Virginie avec respect : nous le vîmes se jeter à ses genoux, et s'efforcer même de lui ôter ses habits ; mais elle, le repoussant avec dignité, détourna de lui sa vue. On entendit aussitôt ces cris redoublés des spectateurs : « Sauvez-la, sauvez-la ; ne la quittez pas ! » Mais dans ce moment une montagne d'eau d'une effroyable grandeur s'engouffra entre l'île d'Ambre et la côte, et s'avança en rugissant vers le vaisseau, qu'elle menaçait de ses flancs noirs et de ses sommets écumants. À cette terrible vue le matelot s'élança seul à la mer ; et Virginie, voyant la mort inévitable, posa une main sur ses habits, l'autre sur son cœur, et levant en haut des yeux sereins, parut un ange qui prend son vol vers les cieux.

Ô jour affreux ! hélas ! tout fut englouti. La lame jeta bien avant dans les terres une partie des spectateurs qu'un mouvement d'humanité avait portés à s'avancer vers Virginie, ainsi que le matelot qui l'avait voulu sauver à la nage. Cet homme, échappé à une mort presque certaine, s'agenouilla sur le sable, en disant : « Ô mon Dieu ! vous m'avez sauvé la vie ; mais je l'aurais donnée de bon cœur pour cette digne demoiselle qui n'a jamais voulu se déshabiller comme moi. » Domingue et moi nous retirâmes des flots le malheureux Paul sans connaissance, rendant le sang par la bouche et par les oreilles. Le gouverneur le fit mettre entre les mains des chirurgiens ; et nous cherchâmes de notre côté le long du rivage si la mer n'y apporterait point le corps de Virginie : mais le vent ayant tourné subitement, comme il arrive dans les ouragans, nous eûmes le chagrin de penser que nous ne pourrions pas même rendre à cette fille infortunée les devoirs de la sépulture. Nous nous éloignâmes de ce lieu, accablés de consternation, tous l'esprit frappé d'une seule perte, dans un naufrage où un grand nombre de personnes avaient péri, la plupart doutant, d'après une fin aussi funeste d'une fille si vertueuse, qu'il existât une Providence ; car il y a des maux si terribles et si peu mérités, que l'espérance même du sage en est ébranlée.

Cependant on avait mis Paul, qui commençait à reprendre ses sens, dans une maison voisine, jusqu'à ce qu'il fût en état d'être transporté à son habitation. Pour moi, je m'en revins avec Domingue, afin de préparer la mère de Virginie et son amie à ce désastreux évènement. Quand nous fûmes à l'entrée du vallon de la Rivière des Lataniers, des Noirs nous dirent que la mer jetait beaucoup de débris du vaisseau dans la baie vis-à-vis. Nous y descendîmes ; et un des premiers objets que j'aperçus sur le rivage fut le corps de Virginie. Elle était à moitié couverte de sable, dans l'attitude où nous l'avions vue périr. Ses traits n'étaient point sensiblement altérés. Ses yeux étaient fermés ; mais la sérénité était encore sur son front : seulement les pâles violettes de la mort se confondaient sur ses joues avec les roses de la pudeur. Une de ses mains était sur ses habits, et l'autre, qu'elle appuyait sur son cœur, était fortement fermée et roidie. J'en dégageai avec peine une petite boîte : mais quelle fut ma surprise lorsque je vis que c'était le portrait de Paul, qu'elle lui avait promis de ne jamais abandonner tant qu'elle vivrait ! À cette dernière marque de la constance et de l'amour de cette fille infortunée, je pleurai amèrement. Pour Domingue, il se frappait la poitrine, et perçait l'air de ses cris douloureux. Nous portâmes le corps de Virginie dans une cabane de pêcheurs, où nous le donnâmes à garder à de pauvres femmes malabares, qui prirent soin de le laver.

Pendant qu'elles s'occupaient de ce triste office, nous montâmes en tremblant à l'habitation. Nous y trouvâmes madame de la Tour et Marguerite en prières, en attendant des nouvelles du vaisseau. Dès que madame de la Tour m'aperçut elle s'écria : « Où est ma fille, ma chère fille, mon enfant ? » Ne pouvant douter de son malheur à mon silence et à mes larmes, elle fut saisie tout à coup d'étouffements et d'angoisses douloureuses ; sa voix ne faisait plus entendre que des soupirs et des sanglots. Pour Marguerite, elle s'écria : « Où est mon fils ? Je ne vois point mon fils » ; et elle s'évanouit. Nous courûmes à elle ; et l'ayant fait revenir, je l'assurai que Paul était vivant, et que le gouverneur en faisait prendre soin. Elle ne reprit ses sens que pour s'occuper de son amie qui tombait de temps en temps dans de longs évanouissements. Madame de la Tour passa toute la nuit dans ces cruelles souffrances ; et par leurs longues périodes j'ai jugé qu'aucune douleur n'était égale à la douleur maternelle. Quand elle recouvrait la connaissance elle tournait des regards fixes et mornes vers le ciel. En vain son amie et moi nous lui pressions les mains dans les nôtres, en vain nous l'appelions par les noms les plus tendres ; elle paraissait insensible à ces témoignages de notre ancienne affection, et il ne sortait de sa poitrine oppressée que de sourds gémissements.

Dès le matin on apporta Paul couché dans un palanquin. Il avait repris l'usage de ses sens ; mais il ne pouvait proférer une parole. Son entrevue avec sa mère et madame de la Tour, que j'avais d'abord redoutée, produisit un meilleur effet que tous les soins que j'avais pris jusqu'alors. Un rayon de consolation parut sur le visage de ces deux malheureuses mères. Elles se mirent l'une et l'autre auprès de lui, le saisirent dans leurs bras, le baisèrent ; et leur larmes, qui avaient été suspendues jusqu'alors par l'excès de leur chagrin, commencèrent à couler. Paul y mêla bientôt les siennes. La nature s'étant ainsi soulagée dans ces trois infortunés, un long assoupissement succéda à l'état convulsif de leur douleur, et leur procura un repos léthargique semblable, à la vérité, à celui de la mort.

M. de la Bourdonnais m'envoya avertir secrètement que le corps de Virginie avait été apporté à la ville par son ordre, et que de là on allait le transférer à l'église des Pamplemousses. Je descendis aussitôt au Port Louis, où je trouvai des habitants de tous les quartiers rassemblés pour assister à ses funérailles, comme si l'île eût perdu en elle ce qu'elle avait de plus cher. Dans le port les vaisseaux avaient leurs vergues croisées, leurs pavillons en berne, et tiraient du canon par longs intervalles. Des grenadiers ouvraient la marche du convoi ; ils portaient leurs fusils baissés. Leurs tambours, couverts de longs crêpes, ne faisaient entendre que des sons lugubres, et on voyait l'abattement peint dans les traits de ces guerriers qui avaient tant de fois affronté la mort dans les combats sans changer de visage. Huit jeunes demoiselles des plus considérables de l'île, vêtues de blanc, et tenant des palmes à la main, portaient le corps de leur vertueuse compagne, couvert de fleurs. Un chœur de petits enfants le suivait en chantant des hymnes : après eux venait tout ce que l'île avait de plus distingué dans ses habitants et dans son état-major, à la suite duquel marchait le gouverneur, suivi de la foule du peuple.

Voilà ce que l'administration avait ordonné pour rendre quelques honneurs à la vertu de Virginie. Mais quand son corps fut arrivé au pied de cette montagne, à la vue de ces mêmes cabanes dont elle avait fait si longtemps le bonheur, et que sa mort remplissait maintenant de désespoir, toute la pompe funèbre fut dérangée : les hymnes et les chants cessèrent ; on n'entendit plus dans la plaine que des soupirs et des sanglots. On vit accourir alors des troupes de jeunes filles des habitations voisines pour faire toucher au cercueil de Virginie des mouchoirs, des chapelets, et des couronnes de fleurs, en l'invoquant comme une sainte. Les mères demandaient à Dieu une fille comme elle ; les garçons, des amantes aussi constantes ; les pauvres, une amie aussi tendre ; les esclaves, une maîtresse aussi bonne.

Lorsqu'elle fut arrivée au lieu de sa sépulture, des négresses de Madagascar et des Cafres de Mozambique déposèrent autour d'elle des paniers de fruits, et suspendirent des pièces d'étoffes aux arbres voisins, suivant l'usage de leur pays ; des Indiennes du Bengale et de la côte malabare apportèrent des cages pleines d'oiseaux, auxquels elles donnèrent la liberté sur son corps : tant la perte d'un objet aimable intéresse toutes les nations, et tant est grand le pouvoir de la vertu malheureuse, puisqu'elle réunit toutes les religions autour de son tombeau !

Il fallut mettre des gardes auprès de sa fosse, et en écarter quelques filles de pauvres habitants, qui voulaient s'y jeter à toute force, disant qu'elles n'avaient plus de consolation à espérer dans le monde, et qu'il ne leur restait qu'à mourir avec celle qui était leur unique bienfaitrice.

On l'enterra près de l'église des Pamplemousses, sur son côté occidental, au pied d'une touffe de bambous, où, en venant à la messe avec sa mère et Marguerite, elle aimait à se reposer assise à côté de celui qu'elle appelait alors son frère.

Au retour de cette pompe funèbre M. de la Bourdonnais monta ici, suivi d'une partie de son nombreux cortège. Il offrit à madame de la Tour et à son amie tous les secours qui dépendaient de lui. Il s'exprima en peu de mots, mais avec indignation, contre sa tante dénaturée ; et s'approchant de Paul, il lui dit tout ce qu'il crut propre à le consoler. « Je désirais, lui dit-il, votre bonheur et celui de votre famille ; Dieu m'en est témoin. Mon ami, il faut aller en France ; je vous y ferai avoir du service. Dans votre absence j'aurai soin de votre mère comme de la mienne », et en même temps il lui présenta la main ; mais Paul retira la sienne, et détourna la tête pour ne le pas voir.

Pour moi, je restai dans l'habitation de mes amies infortunées pour leur donner, ainsi qu'à Paul, tous les secours dont j'étais capable. Au bout de trois semaines Paul fut en état de marcher ; mais son chagrin paraissait augmenter à mesure que son corps reprenait des forces. Il était insensible à tout, ses regards étaient éteints, et il ne répondait rien à toutes les questions qu'on pouvait lui faire. Madame de la Tour, qui était mourante, lui disait souvent : « Mon fils, tant que je vous verrai, je croirai voir ma chère Virginie. » À ce nom de Virginie il tressaillait et s'éloignait d'elle, malgré les invitations de sa mère qui le rappelait auprès de son amie. Il allait seul se retirer dans le jardin, et s'asseyait au pied du cocotier de Virginie, les yeux fixés sur sa fontaine. Le chirurgien du gouverneur, qui avait pris le plus grand soin de lui et de ces dames, nous dit que pour le tirer de sa noire mélancolie il fallait lui laisser faire tout ce qu'il lui plairait, sans le contrarier en rien ; qu'il n'y avait que ce seul moyen de vaincre le silence auquel il s'obstinait.

Je résolus de suivre son conseil. Dès que Paul sentit ses forces un peu rétablies, le premier usage qu'il en fit fut de s'éloigner de l'habitation. Comme je ne le perdais pas de vue, je me mis en marche après lui, et je dis à Domingue de prendre des vivres et de nous accompagner. À mesure que ce jeune homme descendait cette montagne, sa joie et ses forces semblaient renaître. Il prit d'abord le chemin des Pamplemousses ; et quand il fut auprès de l'église, dans l'allée des bambous, il s'en fut droit au lieu où il vit de la terre fraîchement remuée ; là il s'agenouilla, et levant les yeux au ciel il fit une longue prière. Sa démarche me parut de bon augure pour le retour de sa raison, puisque cette marque de confiance envers l'Être Suprême faisait voir que son âme commençait à reprendre ses fonctions naturelles. Domingue et moi nous nous mîmes à genoux à son exemple, et nous priâmes avec lui.

Ensuite il se leva, et prit sa route vers le nord de l'île, sans faire beaucoup d'attention à nous. Comme je savais qu'il ignorait non seulement où on avait déposé le corps de Virginie, mais même s'il avait été retiré de la mer, je lui demandai pourquoi il avait été prier Dieu au pied de ces bambous : il me répondit, « Nous y avons été si souvent ! »

Il continua sa route jusqu'à l'entrée de la forêt, où la nuit nous surprit. Là, je l'engageai, par mon exemple, à prendre quelque nourriture ; ensuite nous dormîmes sur l'herbe au pied d'un arbre. Le lendemain je crus qu'il se déterminerait à revenir sur ses pas. En effet il regarda quelque temps dans la plaine l'église des Pamplemousses avec ses longues avenues de bambous, et il fit quelques mouvements comme pour y retourner ; mais il s'enfonça brusquement dans la forêt, en dirigeant toujours sa route vers le nord. Je pénétrai son intention, et je m'efforçai en vain de l'en distraire. Nous arrivâmes sur le milieu du jour au quartier de la Poudre d'Or. Il descendit précipitamment au bord de la mer, vis-à-vis du lieu où avait péri le Saint-Géran. À la vue de l'île d'Ambre, et de son canal alors uni comme un miroir, il s'écria : « Virginie ! ô ma chère Virginie ! » et aussitôt il tomba en défaillance. Domingue et moi nous le portâmes dans l'intérieur de la forêt, où nous le fîmes revenir avec bien de la peine. Dès qu'il eut repris ses sens il voulut retourner sur les bords de la mer ; mais l'ayant supplié de ne pas renouveler sa douleur et la nôtre par de si cruels ressouvenirs, il prit une autre direction. Enfin pendant huit jours il se rendit dans tous les lieux où il s'était trouvé avec la compagne de son enfance. Il parcourut le sentier par où elle avait été demander la grâce de l'esclave de la Rivière Noire ; il revit ensuite les bords de la rivière des Trois-Mamelles, où elle s'assit ne pouvant plus marcher, et la partie du bois où elle s'était égarée. Tous les lieux qui lui rappelaient les inquiétudes, les jeux, les repas, la bienfaisance de sa bien-aimée ; la rivière de la Montagne Longue, ma petite maison, la cascade voisine, le papayer qu'elle avait planté, les pelouses où elle aimait à courir, les carrefours de la forêt où elle se plaisait à chanter, firent tour à tour couler ses larmes ; et les mêmes échos, qui avaient retenti tant de fois de leurs cris de joie communs, ne répétaient plus maintenant que ces mots douloureux : « Virginie ! ô ma chère Virginie ! »

Dans cette vie sauvage et vagabonde ses yeux se cavèrent, son teint jaunit, et sa santé s'altéra de plus en plus. Persuadé que le sentiment de nos maux redouble par le souvenir de nos plaisirs, et que les passions s'accroissent dans la solitude, je résolus d'éloigner mon infortuné ami des lieux qui lui rappelaient le souvenir de sa perte, et de le transférer dans quelque endroit de l'île où il y eût beaucoup de dissipation. Pour cet effet je le conduisis sur les hauteurs habitées du quartier de Williams, où il n'avait jamais été. L'agriculture et le commerce répandaient dans cette partie de l'île beaucoup de mouvement et de variété. Il y avait des troupes de charpentiers qui équarrissaient des bois, et d'autres qui les sciaient en planches ; des voitures allaient et venaient le long de ses chemins ; de grands troupeaux de bœufs et de chevaux y paissaient dans de vastes pâturages, et la campagne y était parsemée d'habitations. L'élévation du sol y permettait en plusieurs lieux la culture de diverses espèces de végétaux de l'Europe. On y voyait çà et là des moissons de blé dans la plaine, des tapis de fraisiers dans les éclaircis des bois, et des haies de rosiers le long des routes. La fraîcheur de l'air, en donnant de la tension aux nerfs, y était même favorable à la santé des Blancs. De ces hauteurs, situées vers le milieu de l'île, et entourées de grands bois, on n'apercevait ni la mer, ni le Port Louis, ni l'église des Pamplemousses, ni rien qui pût rappeler à Paul le souvenir de Virginie. Les montagnes mêmes, qui présentent différentes branches du côté du Port Louis, n'offrent plus du côté des plaines de Williams qu'un long promontoire en ligne droite et perpendiculaire, d'où s'élèvent plusieurs longues pyramides de rochers où se rassemblent les nuages.

Ce fut donc dans ces plaines où je conduisis Paul. Je le tenais sans cesse en action, marchant avec lui au soleil et à la pluie, de jour et de nuit, l'égarant exprès dans les bois, les défrichés, les champs, afin de distraire son esprit par la fatigue de son corps, et de donner le change à ses réflexions par l'ignorance du lieu où nous étions, et du chemin que nous avions perdu. Mais l'âme d'un amant retrouve partout les traces de l'objet aimé. La nuit et le jour, le calme des solitudes et le bruit des habitations, le temps même qui emporte tant de souvenirs, rien ne peut l'en écarter. Comme l'aiguille touchée de l'aimant, elle a beau être agitée, dès qu'elle rentre dans son repos, elle se tourne vers le pôle qui l'attire. Quand je demandais à Paul, égaré au milieu des plaines de Williams : « Où irons-nous maintenant ? » il se tournait vers le nord, et me disait : « Voilà nos montagnes, retournons-y. »

Je vis bien que tous les moyens que je tentais pour le distraire étaient inutiles, et qu'il ne me restait d'autre ressource que d'attaquer sa passion en elle-même, en y employant toutes les forces de ma faible raison. Je lui répondis donc : « Oui, voilà les montagnes où demeurait votre chère Virginie, et voilà le portrait que vous lui aviez donné, et qu'en mourant elle portait sur son cœur, dont les derniers mouvements ont encore été pour vous. » Je présentai alors à Paul le petit portrait qu'il avait donné à Virginie au bord de la fontaine des cocotiers. À cette vue une joie funeste parut dans ses regards. Il saisit avidement ce portrait de ses faibles mains, et le porta sur sa bouche. Alors sa poitrine s'oppressa, et dans ses yeux à demi sanglants des larmes s'arrêtèrent sans pouvoir couler.

Je lui dis : « Mon fils, écoutez-moi, qui suis votre ami, qui ai été celui de Virginie, et qui, au milieu de vos espérances, ai souvent tâché de fortifier votre raison contre les accidents imprévus de la vie. Que déplorez-vous avec tant d'amertume ? est-ce votre malheur ? est-ce celui de Virginie ?

Votre malheur ? Oui, sans doute, il est grand. Vous avez perdu la plus aimable des filles, qui aurait été la plus digne des femmes. Elle avait sacrifié ses intérêts aux vôtres, et vous avait préféré à la fortune comme la seule récompense digne de sa vertu. Mais que savez-vous si l'objet de qui vous deviez attendre un bonheur si pur n'eût pas été pour vous la source d'une infinité de peines ? Elle était sans bien, et déshéritée ; vous n'aviez désormais à partager avec elle que votre seul travail. Revenue plus délicate par son éducation, et plus courageuse par son malheur même, vous l'auriez vue chaque jour succomber, en s'efforçant de partager vos fatigues. Quand elle vous aurait donné des enfants, ses peines et les vôtres auraient augmenté par la difficulté de soutenir seule avec vous de vieux parents, et une famille naissante.

Vous me direz : le gouverneur nous aurait aidés. Que savez-vous si, dans une colonie qui change si souvent d'administrateurs, vous aurez souvent des La Bourdonnais ? S'il ne viendra pas ici des chefs sans mœurs et sans morale ? si, pour obtenir quelque misérable secours, votre épouse n'eût pas été obligée de leur faire sa cour ? Ou elle eût été faible, et vous eussiez été à plaindre ; ou elle eût été sage, et vous fussiez resté pauvre : heureux si, à cause de sa beauté et de sa vertu, vous n'eussiez pas été persécuté par ceux mêmes de qui vous espériez de la protection !

Il me fût resté, me direz-vous, le bonheur, indépendant de la fortune, de protéger l'objet aimé qui s'attache à nous à proportion de sa faiblesse même ; de le consoler par mes propres inquiétudes ; de le réjouir de ma tristesse, et d'accroître notre amour de nos peines mutuelles. Sans doute la vertu et l'amour jouissent de ces plaisirs amers. Mais elle n'est plus, et il vous reste ce qu'après vous elle a le plus aimé, sa mère et la vôtre, que votre douleur inconsolable conduira au tombeau. Mettez votre bonheur à les aider, comme elle l'y avait mis, elle-même. Mon fils, la bienfaisance est le bonheur de la vertu ; il n'y en a point de plus assuré et de plus grand sur la terre. Les projets de plaisirs, de repos, de délices, d'abondance, de gloire, ne sont point faits pour l'homme faible, voyageur et passager. Voyez comme un pas vers la fortune nous a précipités tous d'abîme en abîme. Vous vous y êtes opposé, il est vrai ; mais qui n'eût pas cru que le voyage de Virginie devait se terminer par son bonheur et par le vôtre ? Les invitations d'une parente riche et âgée, les conseils d'un sage gouverneur, les applaudissements d'une colonie, les exhortations et l'autorité d'un prêtre, ont décidé du malheur de Virginie. Ainsi nous courons à notre perte, trompés par la prudence même de ceux qui nous gouvernent. Il eût mieux valu sans doute ne pas les croire, ni se fier à la voix et aux espérances d'un monde trompeur. Mais enfin, de tant d'hommes que nous voyons si occupés dans ces plaines, de tant d'autres qui vont chercher la fortune aux Indes, ou qui, sans sortir de chez eux, jouissent en repos en Europe des travaux de ceux-ci, il n'y en a aucun qui ne soit destiné à perdre un jour ce qu'il chérit le plus, grandeurs, fortune, femme, enfants, amis. La plupart auront à joindre à leur perte le souvenir de leur propre imprudence. Pour vous, en rentrant en vous-même, vous n'avez rien à vous reprocher. Vous avez été fidèle à votre foi. Vous avez eu, à la fleur de la jeunesse, la prudence d'un sage, en ne vous écartant pas du sentiment de la nature. Vos vues seules étaient légitimes, parce qu'elles étaient pures, simples, désintéressées, et que vous aviez sur Virginie des droits sacrés qu'aucune fortune ne pouvait balancer. Vous l'avez perdue, et ce n'est ni votre imprudence, ni votre avarice, ni votre fausse sagesse, qui vous l'ont fait perdre, mais Dieu même, qui a employé les passions d'autrui pour vous ôter l'objet de votre amour ; Dieu, de qui vous tenez tout, qui voit tout ce qui vous convient, et dont la sagesse ne vous laisse aucun lieu au repentir et au désespoir qui marchent à la suite des maux dont nous avons été la cause.

Voilà ce que vous pouvez vous dire dans votre infortune : Je ne l'ai pas méritée. Est-ce donc le malheur de Virginie, sa fin, son état présent, que vous déplorez ? Elle a subi le sort réservé à la naissance, à la beauté, et aux empires mêmes. La vie de l'homme, avec tous ses projets, s'élève comme une petite tour dont la mort est le couronnement. En naissant, elle était condamnée à mourir. Heureuse d'avoir dénoué les liens de la vie avant sa mère, avant la vôtre, avant vous, c'est-à-dire de n'être pas morte plusieurs fois avant la dernière !

La mort, mon fils, est un bien pour tous les hommes ; elle est la nuit de ce jour inquiet qu'on appelle la vie. C'est dans le sommeil de la mort que reposent pour jamais les maladies, les douleurs, les chagrins, les craintes qui agitent sans cesse les malheureux vivants. Examinez les hommes qui paraissent les plus heureux : vous verrez qu'ils ont acheté leur prétendu bonheur bien chèrement ; la considération publique, par des maux domestiques ; la fortune, par la perte de la santé ; le plaisir si rare d'être aimé, par des sacrifices continuels : et souvent, à la fin d'une vie sacrifiée aux intérêts d'autrui, ils ne voient autour d'eux que des amis faux et des parents ingrats. Mais Virginie a été heureuse jusqu'au dernier moment. Elle l'a été avec nous par les biens de la nature ; loin de nous, par ceux de la vertu : et même dans le moment terrible où nous l'avons vue périr elle était encore heureuse ; car, soit qu'elle jetât les yeux sur une colonie entière à qui elle causait une désolation universelle, ou sur vous qui couriez avec tant d'intrépidité à son secours, elle a vu combien elle nous était chère à tous. Elle s'est fortifiée contre l'avenir par le souvenir de l'innocence de sa vie, et elle a reçu alors le prix que le ciel réserve à la vertu, un courage supérieur au danger. Elle a présenté à la mort un visage serein.

Mon fils, Dieu donne à la vertu tous les évènements de la vie à supporter, pour faire voir qu'elle seule peut en faire usage, et y trouver du bonheur et de la gloire. Quand il lui réserve une réputation illustre, il l'élève sur un grand théâtre, et la met aux prises avec la mort ; alors son courage sert d'exemple, et le souvenir de ses malheurs reçoit à jamais un tribut de larmes de la postérité. Voilà le monument immortel qui lui est réservé sur une terre où tout passe, et où la mémoire même de la plupart des rois est bientôt ensevelie dans un éternel oubli.

Mais Virginie existe encore. Mon fils, voyez que tout change sur la terre, et que rien ne s'y perd. Aucun art humain ne pourrait anéantir la plus petite particule de matière, et ce qui fut raisonnable, sensible, aimant, vertueux, religieux, aurait péri, lorsque les éléments dont il était revêtu sont indestructibles ? Ah ! si Virginie a été heureuse avec nous, elle l'est maintenant bien davantage. Il y a un Dieu, mon fils : toute la nature l'annonce ; je n'ai pas besoin de vous le prouver. Il n'y a que la méchanceté des hommes qui leur fasse nier une justice qu'ils craignent. Son sentiment est dans votre cœur, ainsi que ses ouvrages sont sous vos yeux. Croyez-vous donc qu'il laisse Virginie sans récompense ? Croyez-vous que cette même puissance qui avait revêtu cette âme si noble d'une forme si belle, où vous sentiez un art divin, n'aurait pu la tirer des flots ? Que celui qui a arrangé le bonheur actuel des hommes par des lois que vous ne connaissez pas, ne puisse en préparer un autre à Virginie par des lois qui vous sont également inconnues ? Quand nous étions dans le néant, si nous eussions été capables de penser, aurions-nous pu nous former une idée de notre existence ? Et maintenant que nous sommes dans cette existence ténébreuse et fugitive, pouvons-nous prévoir ce qu'il y a au-delà de la mort par où nous en devons sortir ? Dieu a-t-il besoin, comme l'homme, du petit globe de notre terre pour servir de théâtre à son intelligence et à sa bonté, et n'a-t-il pu propager la vie humaine que dans les champs de la mort ? Il n'y a pas dans l'océan une seule goutte d'eau qui ne soit pleine d'êtres vivants qui ressortissent à nous, et il n'existerait rien pour nous parmi tant d'astres qui roulent sur nos têtes ? Quoi ! il n'y aurait d'intelligence suprême et de bonté divine précisément que là où nous sommes ; et dans ces globes rayonnants et innombrables, dans ces champs infinis de lumière qui les environnent, que ni les orages ni les nuits n'obscurcissent jamais, il n'y aurait qu'un espace vain et un néant éternel ? Si nous, qui ne nous sommes rien donné, osions assigner des bornes à la puissance de laquelle nous avons tout reçu, nous pourrions croire que nous sommes ici sur les limites de son empire, où la vie se débat avec la mort, et l'innocence avec la tyrannie ?

Sans doute il est quelque part un lieu où la vertu reçoit sa récompense. Virginie maintenant est heureuse. Ah ! si du séjour des anges elle pouvait se communiquer à vous, elle vous dirait, comme dans ses adieux : « Ô Paul ! la vie n'est qu'une épreuve. J'ai été trouvée fidèle aux lois de la nature, de l'amour, et de la vertu. J'ai traversé les mers pour obéir à mes parents ; j'ai renoncé aux richesses pour conserver ma foi ; et j'ai mieux aimé perdre la vie que de violer la pudeur. Le ciel a trouvé ma carrière à la pauvreté, à la calomnie, aux tempêtes, au spectacle des douleurs d'autrui. Aucun des maux qui effrayent les hommes ne peut plus désormais m'atteindre ; et vous me plaignez ! Je suis pure et inaltérable comme une particule de lumière ; et vous me rappelez dans la nuit de la vie ! Ô Paul ! ô mon ami ! souviens-toi de ces jours de bonheur, où dès le matin nous goûtions la volupté des cieux, se levant avec le soleil sur les pitons de ces rochers, et se répandant avec ses rayons au sein de nos forêts. Nous éprouvions un ravissement dont nous ne pouvions comprendre la cause. Dans nos souhaits innocents nous désirions être tout vue, pour jouir des riches couleurs de l'aurore ; tout odorat, pour sentir les parfums de nos plantes ; tout ouïe pour entendre les concerts de nos oiseaux ; tout cœur, pour reconnaître ces bienfaits. Maintenant à la source de la beauté d'où découle tout ce qui est agréable sur la terre, mon âme voit, goûte, entend, touche immédiatement ce qu'elle ne pouvait sentir alors que par de faibles organes. Ah ! quelle langue pourrait décrire ces rivages d'un orient éternel que j'habite pour toujours ? Tout ce qu'une puissance infinie et une bonté céleste ont pu créer pour consoler un être malheureux ; tout ce que l'amitié d'une infinité d'êtres, réjouis de la même félicité, peut mettre d'harmonie dans des transports communs, nous l'éprouvons sans mélange. Soutiens donc l'épreuve qui t'est donnée, afin d'accroître le bonheur de ta Virginie par des amours qui n'auront plus de terme, par un hymen dont les flambeaux ne pourront plus s'éteindre. Là j'apaiserai tes regrets ; là j'essuierai tes larmes. Ô mon ami ! mon jeune époux ! élève ton âme vers l'infini pour supporter des peines d'un moment. »

Ma propre émotion mit fin à mon discours. Pour Paul, me regardant fixement, il s'écria : « Elle n'est plus ! elle n'est plus ! » et une longue faiblesse succéda à ces douloureuses paroles. Ensuite, revenant à lui, il dit : « Puisque la mort est un bien, et que Virginie est heureuse, je veux aussi mourir pour me rejoindre à Virginie. » Ainsi mes motifs de consolation ne servirent qu'à nourrir son désespoir. J'étais comme un homme qui veut sauver son ami coulant à fond au milieu d'un fleuve sans vouloir nager. La douleur l'avait submergé. Hélas ! les malheurs du premier âge préparent l'homme à entrer dans la vie, et Paul n'en avait jamais éprouvé.

Je le ramenai à son habitation. J'y trouvai sa mère et madame de la Tour dans un état de langueur qui avait encore augmenté. Marguerite était la plus abattue. Les caractères vifs sur lesquels glissent les peines légères sont ceux qui résistent le moins aux grands chagrins.

Elle me dit : « Ô mon bon voisin ! il m'a semblé cette nuit voir Virginie vêtue de blanc, au milieu de bocages et de jardins délicieux. Elle m'a dit : « Je jouis d'un bonheur digne d'envie. Ensuite elle s'est approchée de Paul d'un air riant, et l'a enlevé avec elle. Comme je m'efforçais de retenir mon fils, j'ai senti que je quittais moi-même la terre, et que je le suivais avec un plaisir inexprimable. Alors j'ai voulu dire adieu à mon amie ; aussitôt je l'ai vue qui nous suivait avec Marie et Domingue. Mais ce que je trouve encore de plus étrange, c'est que madame de la Tour a fait cette même nuit un songe accompagné des mêmes circonstances. »

Je lui répondis : « Mon amie, je crois que rien n'arrive dans le monde sans la permission de Dieu. Les songes annoncent quelquefois la vérité. »

Madame de la Tour me fit le récit d'un songe tout à fait semblable qu'elle avait eu cette même nuit. Je n'avais jamais remarqué dans ces deux dames aucun penchant à la superstition ; je fus donc frappé de la concordance de leur songe, et je ne doutai pas en moi-même qu'il ne vînt à se réaliser. Cette opinion, que la vérité se présente quelquefois à nous pendant le sommeil, est répandue chez tous les peuples de la terre. Les plus grands hommes de l'Antiquité y ont ajouté foi, entre autres Alexandre, César, les Scipions, les deux Catons et Brutus, qui n'étaient pas des esprits faibles. L'Ancien et le Nouveau Testament nous fournissent quantité d'exemples de songes qui se sont réalisés. Pour moi, je n'ai besoin à cet égard que de ma propre expérience, et j'ai éprouvé plus d'une fois que les songes sont des avertissements que nous donne quelque intelligence qui s'intéresse à nous. Que si l'on veut combattre ou défendre avec des raisonnements des choses qui surpassent la lumière de la raison humaine, c'est ce qui n'est pas possible. Cependant si la raison de l'homme n'est qu'une image de celle de Dieu, puisque l'homme a bien le pouvoir de faire parvenir ses intentions jusqu'au bout du monde par des moyens secrets et cachés, pourquoi l'intelligence qui gouverne l'univers n'en emploierait-elle pas de semblables pour la même fin ? Un ami console son ami par une lettre qui traverse une multitude de royaumes, circule au milieu des haines des nations, et vient apporter de la joie et de l'espérance à un seul homme ; pourquoi le souverain protecteur de l'innocence ne peut-il venir, par quelque voie secrète, au secours d'une âme vertueuse qui ne met sa confiance qu'en lui seul ? A-t-il besoin d'employer quelque signe extérieur pour exécuter sa volonté, lui qui agit sans cesse dans tous ses ouvrages par un travail intérieur ?

Pourquoi douter des songes ? La vie, remplie de tant de projets passagers et vains, est-elle autre chose qu'un songe ?

Quoi qu'il en soit, celui de mes amies infortunées se réalisa bientôt. Paul mourut deux mois après la mort de sa chère Virginie, dont il prononçait sans cesse le nom. Marguerite vit venir sa fin huit jours après celle de son fils avec une joie qu'il n'est donné qu'à la vertu d'éprouver. Elle fit les plus tendres adieux à madame de la Tour, « dans l'espérance, lui dit-elle, d'une douce et éternelle réunion. La mort est le plus grand des biens, ajouta-t-elle ; on doit la désirer. Si la vie est une punition, on doit en souhaiter la fin ; si c'est une épreuve, on doit la demander courte. »

Le gouvernement prit soin de Domingue et de Marie, qui n'étaient plus en état de servir, et qui ne survécurent pas longtemps à leurs maîtresses. Pour le pauvre Fidèle, il était mort de langueur à peu près dans le même temps que son maître.

J'amenai chez moi madame de la Tour, qui se soutenait au milieu de si grandes pertes avec une grandeur d'âme incroyable. Elle avait consolé Paul et Marguerite jusqu'au dernier instant, comme si elle n'avait eu que leur malheur à supporter. Quand elle ne les vit plus, elle m'en parlait chaque jour comme d'amis chéris qui étaient dans le voisinage. Cependant elle ne leur survécut que d'un mois. Quant à sa tante, loin de lui reprocher ses maux, elle priait Dieu de les lui pardonner, et d'apaiser les troubles affreux d'esprit où nous apprîmes qu'elle était tombée immédiatement après qu'elle eut renvoyé Virginie avec tant d'inhumanité.

Cette parente dénaturée ne porta pas loin la punition de sa dureté. J'appris, par l'arrivée successive de plusieurs vaisseaux, qu'elle était agitée de vapeurs qui lui rendaient la vie et la mort également insupportables.

Tantôt elle se reprochait la fin prématurée de sa charmante petite-nièce, et la perte de sa mère qui s'en était suivie. Tantôt elle s'applaudissait d'avoir repoussé loin d'elle deux malheureuses qui, disait-elle, avaient déshonoré sa maison par la bassesse de leurs inclinations. Quelquefois, se mettant en fureur à la vue de ce grand nombre de misérables dont Paris est rempli : « Que n'envoie-t-on, s'écriait-elle, ces fainéants périr dans nos colonies ? » Elle ajoutait que les idées d'humanité, de vertu, de religion, adoptées par tous les peuples n'étaient que des inventions de la politique de leurs princes. Puis, se jetant tout à coup dans une extrémité opposée, elle s'abandonnait à des terreurs superstitieuses qui la remplissaient de frayeurs mortelles. Elle courait porter d'abondantes aumônes à de riches moines qui la dirigeaient, les suppliant d'apaiser la Divinité par le sacrifice de sa fortune : comme si des biens qu'elle avait refusés aux malheureux pouvaient plaire au père des hommes ! Souvent son imagination lui représentait des campagnes de feu, des montagnes ardentes, où des spectres hideux erraient en l'appelant à grands cris. Elle se jetait aux pieds de ses directeurs, et elle imaginait contre elle-même des tortures et des supplices ; car le ciel, le juste ciel, envoie aux âmes cruelles des religions effroyables.

Ainsi elle passa plusieurs années, tour à tour athée et superstitieuse, ayant également en horreur la mort et la vie. Mais ce qui acheva la fin d'une si déplorable existence fut le sujet même auquel elle avait sacrifié les sentiments de la nature. Elle eut le chagrin de voir que sa fortune passerait après elle à des parents qu'elle haïssait. Elle chercha donc à en aliéner la meilleure partie ; mais ceux-ci, profitant des accès de vapeurs auxquels elle était sujette, la firent enfermer comme folle, et mettre ses biens en direction. Ainsi ses richesses mêmes achevèrent sa perte ; et comme elles avaient endurci le cœur de celle qui les possédait, elles dénaturèrent de même le cœur de ceux qui les désiraient. Elle mourut donc, et, ce qui est le comble du malheur, avec assez d'usage de sa raison pour connaître qu'elle était dépouillée et méprisée par les mêmes personnes dont l'opinion l'avait dirigée toute sa vie.

On a mis auprès de Virginie, au pied des mêmes roseaux, son ami Paul, et autour d'eux leurs tendres mères et leurs fidèles serviteurs. On n'a point élevé de marbres sur leurs humbles tertres, ni gravé d'inscriptions à leurs vertus ; mais leur mémoire est restée ineffaçable dans le cœur de ceux qu'ils ont obligés. Leurs ombres n'ont pas besoin de l'éclat qu'ils ont fui pendant leur vie ; mais si elles s'intéressent encore à ce qui se passe sur la terre, sans doute elles aiment à errer sous les toits de chaume qu'habite la vertu laborieuse, à consoler la pauvreté mécontente de son sort, à nourrir dans les jeunes amants une flamme durable, le goût des biens naturels, l'amour du travail, et la crainte des richesses.

La voix du peuple, qui se tait sur les monuments élevés à la gloire des rois, a donné à quelques parties de cette île des noms qui éterniseront la perte de Virginie. On voit près de l'île d'Ambre, au milieu des écueils, un lieu appelé La Passe du Saint-Geran, du nom de ce vaisseau qui y périt en la ramenant d'Europe. L'extrémité de cette longue pointe de terre que vous apercevez à trois lieues d'ici, à demi couverte des flots de la mer, que le Saint-Géran ne put doubler la veille de l'ouragan pour entrer dans le port, s'appelle Le Cap Malheureux ; et voici devant nous, au bout de ce vallon, La Baie du Tombeau, où Virginie fut trouvée ensevelie dans le sable ; comme si la mer eût voulu rapporter son corps à sa famille, et rendre les derniers devoirs à sa pudeur sur les mêmes rivages qu'elle avait honorés de son innocence.

Jeunes gens si tendrement unis ! mères infortunées ! chère famille ! ces bois qui vous donnaient leurs ombrages, ces fontaines qui coulaient pour vous, ces coteaux où vous reposiez ensemble, déplorent encore votre perte. Nul depuis vous n'a osé cultiver cette terre désolée, ni relever ces humbles cabanes. Vos chèvres sont devenues sauvages ; vos vergers sont détruits ;

vos oiseaux sont enfuis, et on n'entend plus que les cris des éperviers qui volent en rond au haut de ce bassin de rochers. Pour moi, depuis que je ne vous vois plus, je suis comme un ami qui n'a plus d'amis, comme un père qui a perdu ses enfants, comme un voyageur qui erre sur la terre, où je suis resté seul.

En disant ces mots ce bon vieillard s'éloigna en versant des larmes, et les miennes avaient coulé plus d'une fois pendant ce funeste récit.